홀로서는
너에게

Letters to his son

홀로서는 너에게

Letters to his son

필립체스터필드 / 진형욱 평설

志成文化社

머리말

    오늘날 우리 나라의 교육 실정은 더 이상 기대할 것이 없다는 절망감으로 팽만해 있다. 그리하여 상류층에서 보내던 해외 유학이나 어학 연수 등을 중산층까지 가세하여, 지금은 그 수가 수십 만 명에 육박하고 있는 실정이다. 물론 이에 따른 경비도 상당 할 것이다. 만약 이 대열에 끼지 못하면 생존 경쟁에서 탈락할 것이라는 위기감이 학부모 모두에게 이와 같은 일을 하게 만들고 있다. 따라서 이 책은, 영국의 저명한 정치가이며 외교가이고 문필가인 필립 체스터필드Philip Chesterfield가 자신이 한평생을 살아오면서 경험하고 체험해 왔던 사회의 모든 분야에 대해, 실질론을 바탕으로 아들 필립 스탠호프Philip Stamhope에게 편지를 통하여 한없는 애정으로 철저하게 교육시키고 있음에 주목했다.

    저자는 자신의 모든 명성을 접어두고 한 사람의 평범한 아버지로서 친구와 같은 조언을 하고 있다. 가끔씩 질책과 칭찬도 서슴지 않는 등, 성장해 가는 아들에게 인생의 좌표를 바로잡아 주고 있다. 이러한 편지들을 모아서 책으로 출간한 것이 본래 제목인 『아들에게 보내는 편지(Letters To His Son)』인데, 우리나라 독자들의 감성에 맞도록, 책의 제목을 『홀로서는 너에게』라고 정했다.

처음 이 책이 출간되자 영국 사회에서는 그 즉시 수신(修身) 교과서로 사용할 만큼 큰 반향을 불러일으켰고, 곧 세계 각국에서 앞 다투어 번역되어, 300여 년이 지난 오늘날까지 베스트셀러 자리를 지켜오고 있는 명저이다. 물론 그 당시와 지금은 시간과 문화적으로 큰 차이가 있다. 컴퓨터 보급에 따른 인터넷 문화의 발달과 정보의 바다는 이 시대 인류에게 지금까지의 문화의 척도로는 생각할 수도 없는 변화된 미래를 안겨 줄 것이고, 현재도 시시각각으로 문화적 충돌이 일어나고 있다. 그러나 우리들에겐 영혼과 마음속을 흐르는 변함 없는 것들이 있다. 지식과 지혜, 윤리와 도덕, 사랑과 인간애 등이 그것인데 이제부터 이 책에서 아버지의 이름으로 아들에게 전해질 교훈인 것이다. 특히 이 책을 젊은이들이 읽어야 하는 이유는, 지금까지 안주하고 있던 부모의 품을 떠나 이 험난한 세상에서 홀로서기를 해야 하기 때문이다.

차례

8부 | 자기 자신의 품격을 길러라

9부 | 내 아들에게 띄우는 인생 최대의 교훈

제1부

사랑하는 내 아들에게

제1장
지금이 바로 네 삶을 선택할 시기이다

1. 지식은 삶의 영원한 안식처가 된다.

나는 무엇보다도 네가 마음 깊숙이 새겨주기를 바라는 것이 있다. 그것은 바로 시간의 소중함과 그 사용 방법이다. 그런데 이를 제대로 알고 있는 사람은 드물다. 흔히들 입으로는 '시간은 귀중하다.'라고 말한다. 그러나 진실로 시간을 소중하게 사용하고 있는 사람은 찾아보기 힘들단다. 예사롭게 시간을 허비해 버리고 있는 사람들조차도 '시간은 참으로 귀중하다.'라든지, '어물어물거리고 있으면 눈 깜짝할 사이에 시간은 지나가 버린다.'라며 입으로는 온갖 그럴듯한 말들을 하고 있다.

엄밀히 말해서 시간에 대한 격언은 헤아릴 수조차 없이 많으므로 사람들은 그것을 적당히 추려서 입에 담기란 쉽다.

이처럼 사람들이 시간에 대해 많은 관심을 갖게 된 이유는 유럽 곳곳에 설치된 제법 그럴 듯한 해시계의 영향을 받았기 때문은 아닌지 모르겠다.

사람들은 날마다 그 해시계를 보고서 시간을 참되게 사용하는 일이 얼마만큼 중요하며, 또한 한 번 헛되이 잃어버린 시간을 다시 찾기란 그 얼마나 어려운가를 새삼 깨닫고 있는 것이다. 하지만 이러한 교훈도 그냥 쉽게 이해하는 것만으로는 충분치 않다. 몸소 다른 사람에게 가르칠 수 있을 정도로 그 교훈을 스스로 경험하여 알고 있지 않다면 정녕코 시간의 가치를 이해하고 사용법을 깨닫고 있다고는 말할 수 없다.

내가 그런 면에서 너의 시간 사용법을 보고 있노라면, 다행스럽게도 너는 시간의 귀중함을 분명 알고 있는 것 같다. 이것은 참으로 중요한 일이다. 이것을 깨닫고 있느냐 깨닫지 못하고 있느냐에 따라서 앞으로의 네 인생은 하늘과 땅만큼의 차이가 생길 것이다. 따라서 나는 너에게 시간에 관해서 이래라 저래라 말할 생각은 없다. 그렇지만 너의 일생 중, 앞으로 2년 동안에 대해서 약간 이야기를 해야겠다.

먼저 네 나이 18세가 되기까지는 지식의 토대를 다져 두어라. 그렇게 하지 않으면 그 이후의 삶을 네가 뜻하는 대로 살아나가기는 어려울 것이다. 대체로 보아 지식이란 것은 나이 들었을 때 삶의 휴식처가 되고 피난처가 되는 법이다.

2. 오늘 이 시간을 허비하면 한평생 크게 후회 한다.

나는 퇴직 후에도 언제나 책과 함께 살아갈 생각이다. 내가 지금 이렇게 어느 누구의 방해를 받지 않고 책을 읽는 즐거움에 젖을 수 있는 것도, 내가 네 나이 무렵 확고한 신념을 가지고 공부했기 때문이라 생각한다.

그 당시 좀 더 열심히 공부했더라면 이 만족감은 더욱 컸을지도 모른다. 아무튼 나는 이렇게 세상의 속박을 떠나 독서에서 삶의 평정을 찾을 수가 있단다.

젊었을 때 나는 어느 정도 지식을 쌓아두어서 다행이라고 생각한다. 그렇다고 해서 놀았던 시간이 모두 헛되었다는 뜻은 아니다. 논다는 것은 삶에 흥취를 더해줄 뿐만 아니라, 젊은이들의 욕구이기도 하다. 사실 나도 젊었을 때는 마음껏 놀았다. 만일 그렇게 하지 않았더라면 지금쯤은 논다는 것을 실제보다 크게 평가하고 있을지도 모른다.

사람이란 자기가 모르는 일에는 유난히 흥미를 갖고 싶어 하는 법이다. 그러나 다행스럽게도 나는 네 나이 때 실컷 놀았기 때문에 논다는 것이 어떠한 것인가를 알고 있으므로 후회하는 일도 없다.

그와 마찬가지로, 나는 일을 하는 데 소비한 시간이 헛된 시간이었다고 생각한 적도 없다. 일을 실제로 해 보지 않고 겉모습만 보는 사람은 그 일이 대단할 것 같은 생각이 들어서 자기도 한번 해 보고 싶다고 생각하는 법이다. 하지만 실제로는 그런 것이 아니다. 그것은 실제로 경험해 본 사람이 아니고는 알 수가 없다.

다행하게도 나는 일에도 놀이에도 능숙하였다. 사람들이 놀라서 감탄의 소리를 지르고 한숨을 쉬는 놀이나 일의 뒷면도 잘 알고 있었다. 그러므로 후회하기는커녕 잘한 일이라고 생각하고 있다. 그런데 지금 내가 후회하고 있고 앞으로 후회하리라 생각되는 것이 한 가지 있다. 바로 그것은 젊었을 때 아무것도 하지 않고 적당하게 지내 버린 시간이 바로 그것이다.

앞으로 네가 18세가 될 2년간은 너의 인생에 있어 참으로 소중한 시기이다. 그래서 나는 목이 아프도록 간곡히 충고하고 싶다. 이 기간을 가치있게 보내주기 바란다. 현재 네가 아무 일도 하지 않고 지낸다면 그만큼 네 지식의 양도 줄 것이며, 인격 형성에 있어서도 손실이 클 것이다. 이와 반대로 네가 정녕 이 기간을 보람 있게 보낸다면 그러한 시간들이 쌓이고 쌓여서 그 보답으로 큰 이자가 붙어 반드시 네게 되돌아온다. 앞으로 2년 동안에 너는 학문의 기반을 다져야 한다. 일단 기반을 다져 놓으면 그 이후는 언제든지 원하는 때에 원하는 만큼의 지식을 더 해 나가면 된다. 그렇지 않고 나중에 필요한 시기가 되어서야 학문의 기초를 다지려고 해도 그 때는 이미 늦다. 또 젊었을 시기에 기반을 다져 놓지 않으면 나이를 먹었을 때에는 매력 없는 사람이 되어 버린다. 나는 네가 일단 사회에 진출하면 책을 많이 읽으라고는 말하지 않을 작정이다. 우선 너에게는 그럴 시간이 없을 것이다. 또 설령 있다고 할지라도 너는 이미 책만을 읽고 있을 수 있는 신분은 아닐 것이다.

따라서 너의 인생에 있어서 지금이 유일한 면학의 시기이다. 어느 누구의 방해도 받지 않고 네 마음껏 지식을 비축할 수 있는 시기이다. 하지만 너도 때로는 책 앞에 앉으면 짜증이 날 때가 있을 것이다. 그럴 때는 이렇게 생각해라.

어차피 이것은 한 번은 꼭 통과해야 하는 길이니 한 시간이라도 더 노력하면 그만큼 빨리 목적지에 도착할 수 있고, 또 그만큼 빨리 자유로울 수 있다. 얼마나 빨리 자유로울 수 있느냐 없느냐는 네가 오직 시간을 어떻게 사용하느냐에 달려 있다.

제2장
노력만이 무엇이든 가능하게 한다

1. 자기 진보를 위한 노력은 지나쳐도 좋다.

건강은 적당히 절제만 할 수 있다면 네 나이 때에는 특별히 아무것도 하지 않아도 충분히 유지된다. 그렇지 만 두뇌는 그렇게는 되지 않는다.

특히 네 나이 때에는 평소부터 절제하는 마음가짐이 중요하다. 지금의 이 몇 분간을 유효하게 활용하느냐 못 하느냐가 중대한 요점이며, 그것이 훗날의 네 두뇌 활 동에 큰 영향을 미치게 된다. 그것뿐만이 아니라, 두뇌를 명석하게 하고 건강한 상태로 유지하기 위해서는 상당한 훈련이 필요하다.

바로 훈련된 두뇌와 그렇지 못한 두뇌를 비교해 보면 알 것이다. 너도 그렇게 해 보면 자신의 두뇌를 훈련하기 위해서는 아무리 많은 시간을 쏟아 부어도 좋다고 깨닫게 될 것이다. 물론 때로는 훈련 따위는 하지 않았는데도 자연적인 힘만으로 천재성이 나타나는 경우도 있기는 하다. 그러나 그런 일은 좀처럼 없으므로 그것을 기대할 수는 없는 노릇이다. 거기에다가 만일 그러한 천재성이 더 한층 훈련을 받는다면, 더 위대하게 될 것은 분명한 이치이다. 그러므로 아직 늦기 전에 단단하게 지식을 축적하여 두도록 노력을 아끼지 말기 바란다. 만약 그렇게 할 수 없다면 너는 출세하기는커녕 어쩌면 평범한 인간조차도 되지 못할 것이다.

너의 처지를 다시 한 번 돌아다보아라. 너에게는 출세의 발판이 될 지위도 재산도 전혀 없다. 나도 언제까지 정계에 머물러 있을지 모른다. 어쩌면 네가 순조롭게 이 세계에 들어올 무렵이면 나는 이미 은퇴하고 없을 것이다. 그렇게 되었다면 너는 무엇에 의지하고, 무엇을 기대 하겠느냐? 오직 그 때는 자신의 힘 밖에는 없을 것이다. 네 스스로의 힘만이 출세의 하나뿐인 길이 될 것이며, 또 그렇게 되지 않으면 안 된다. 물론 너에게 그만한 힘이 있다면 말이다.

나는 한 번씩 자신은 뛰어난 인간인데 인정을 받지 못 했다든가 보답을 받지 못했다는 말을 듣기도 하고 책에서 읽은 적도 있다. 그렇지만 내가 알고 있는 바로는 실제 그런 일은 없었다. 따라서 어떠한 역경에 놓여지더라도 특출한 사람은 어느 정도의 성공을 거두고 있다.

2. 사회에서 언젠가 성공하는 날을 위해

여기에서 내가 '특출한 사람'이라고 말하는 것은 지식과 식견이 있고 행동거지도 훌륭한 사람을 말하는 것이다. 그런데 무엇보다도 이 식견이 얼마나 중요한가 하는 것은 더 이상 새삼스럽게 말할 필요조차 없을 것이다. 다만 여기서 특히 강조하고 싶은 말은, 식견을 갖지 못한 사람은 쓸쓸한 삶을 살아가게 된다는 것이다. 그리고 지식에 대해서는 되풀이하여 말하는 것 같지만 자신이 무엇을 목표로 삼든지 간에, 그것을 충분히 몸에 익혀 두지 않으면 안 된다. 또한 행동거지는 지금 제시한 요소들 가운데서는 가장 사소한 것일지도 모른다. 하지만 특출한 사람이 되기 위해서는 빼놓을 수 없는 요소 중의 하나이다. 행동거지가 어떠냐에 따라서 지식이나 식견이 빛나기도 하고 방해가 되기도 한다. 따라서 사람의 마음을 가장 매료시키는 것도 유감스럽지만 지식이나 식견이 아니라 그 사람의 행동거지인 것 같다.

기회가 있을 때마다 내가 써 보낸 사연들, 그리고 앞으로 써 보낼 사연들에 부디 진지하게 귀를 기울여 주기를 바란다. 그것들은 내가 오랜 경험 끝에 얻어낸 소중한 지혜의 결과일 뿐만 아니라, 무엇보다도 너에 대한 애정의 증거이기도 하다. 나는 너 아닌 어느 누구에게도 이런 조언을 해줄 생각이 전혀 없다. 아직 너는 내가 네 장래를 위해 고심 하고 있

는 마음의 절반도 미치지 못할 만큼 너 자신을 위해서 무언
가를 할 능력이 부족한 것 같다. 그러므로 지금은 내 충고가
너에게 어떻게 도움이 되어 줄지 모르겠지만 당분간은 참고,
내가 하는 말에 묵묵히 따라주기 바란다. 그러면 언젠가는
나의 충고가 헛된 것이 아니었음을 깨달을 날이 반드시 찾
아올 것이라 믿는다.

제2부

이상을 높게 가져라

제1장
노력 없이 자란 거목(巨木)은 없다

1. 훌륭한 행동이 아니면 행동이라고 할 수 없다.

태만, 이것에 대해서 너에게 말해 두고 싶은 것이 있다. 너도 알다시피 너를 향한 나의 애정은 네 연약한 어머니의 애정과는 다르다. 나는 자기 자식의 결점을 보고 그냥 지나쳐 버리는 따위의 행동은 하지 않겠다. 오히려 그 반대이다. 너에게 결점이 있으면 그것을 재빨리 발견 해 바로잡아 줄 것이다. 왜냐하면 그렇게 하는 것만이 부모로서의 내 의무이자 특권이라고 생각하고 있기 때문이다.

이와 반대로 내가 지적한 점을 고치려고 노력하는 것이 자식인 너의 의무이자 권리라고 생각하는데, 너는 어떻게 생각하느냐? 지금까지 다행히도 내가 본 범위에서 너는 성격 면에서나 재능 면에서 별로 이렇다 할 문제는 없었다. 다만

약간 태만한 점과 주의가 산만하며 무관심한 점이 있는 것 같은 생각이 들었다. 하지만 이러한 점들은 육체적으로나 정신적으로 쇠약한 노인 이라면 몰라도 젊은이에게는 절대로 용납할 수 없는 일이다. 왜냐하면 인생의 황혼기를 맞이한 노인은 평온한 여생을 보내기를 원하는 것이기 때문이다. 젊은이는 다른 사람보다 뛰어나고, 다른 사람보다 돋보이게 노력하지 않으면 안 된다. 민첩하고 실천적이고, 무엇을 하든지 끈기가 있어야 한다. 시저Caesar도 말했듯이 '훌륭한 행동이 아니면 행동이라고 할 수 없는 것'이다.

아들아, 너에게는 용솟음치는 활기가 약간 모자라는 것 같다. 그러한 활기가 있어야 주위 사람들을 기쁘게 하기 위해 노력하는 법이고, 다른 사람보다 뛰어나고 돋보이고자 노력하는 법이다. 다시 한 번 말해 두건대, 존경받을 만한 사람이 되고 싶다면 그렇게 되기 위한 노력을 하지 않으면 안 된다. 그렇게 노력하지 않고서는 결코 존경받는 사람이 될 수 없다. 이것은 변하지 않는 진리이다. 다른 사람을 기쁘게 하려고 마음을 쓰지 않으면 그들도 너에게 호감을 갖지 않을 것이다.

자신의 꿈과 목표가 있는 사람은 누구나 이룰 수 있다고 나는 믿는다. 평범한 재능을 갖고 있는 사람이라면 자신의 능력을 개발하고, 집중력을 배양시키며, 또한 노력을 게을리하지 않으면 되고 싶은 사람이 될 수 있다. 앞으로 너는 어지럽게 격동하는 크나큰 사회의 구성원 중 한 사람이 될 것이다. 그러기 위해서는 네가 지금 해야 할 일이 무엇이겠느냐? 그것은 세계 각국의 정세를 비롯해 각국 간의 이해관계, 경제 상태·역사·관습 등에 대해서 지식을 골고루 얻는 일이다. 평범한 두뇌를 지닌 사람이 조금만 노력을 기울이면 할 수 있는 일들이다. 그러므로 그것을 할 수 없다는 것은 용서받지 못한다. 왜냐하면 자신이 무엇을 해야 하는가를 알고 있는 데도 그것을 하지 않는 것은 게으름 이외의 아무것도 아니기 때문이다.

2. 꼭 이루겠다는 의욕이 없으면 진보는 없다.

게으른 사람은 일을 끝까지 해내고자 하는 노력을 기울이지 않는다. 조금만 까다롭거나 골치가 아프거나 하면 쉽게 좌절함으로써 목표를 달성하기 직전에 포기하여, 결과적으로는 표면적인 것에 불과한 지식을 얻는 것으로써 만족해 버린다. 이 사실은 조금 더 참고 노력하는 것보다 바보가 좋다, 무지한 쪽이 좋다고 생각하는 것과 다를 바가 없다.

이런 사람은 대다수의 일들을 지레 겁을 먹고 '할 수 없다.'라고 생각하며, 또 '할 수 없다.'라고 말한다. 실제로 진지하게 맞닥뜨려 보면 참으로 할 수 없는 일은 그다지 많지 않은데도 말이다. 이러한 사람들에게는 어려운 일이 바로 불가능한 일이 되어 버린다. 자신의 게으름을 변명하기 위하여 그렇게 생각하는 척하고 있는 것 뿐이다. 또한 한 가지 일에 1시간을 집중하는 것도 괴로운 일이다. 그러므로 이들은 무슨 일이든지 처음에 받아들인 대로 해석할 뿐 다른 여러 방면에서 생각하길 싫어한다. 결국 깊이 생각하지 않는 것이다. 이런 사람들이 통찰력이나 집중력을 함께 갖춘 사람을 상대로 대화를 나누기 시작하면 금방 자기의 무식과 게으름이 백일하에 드러나게 되고, 횡설수설하면서 종잡을 수 없는 이야기밖에 할 수 없게 된다. 따라서 처음부터 일이 어렵다고 좌절해서는 안 된다.

3. 전문분야 이외의 상식까지 알아두는 것도 소중하다.

지식 가운데에는 어떤 특정한 직업을 가진 사람에게는 필요하지만, 그 밖의 사람에게는 필요하지 않는 것도 있다. 예를 들자면 항해학 같은 전문 지식은 평소의 대화중에서 네가 적당히 질문만 하면 곧바로 얻어낼 수 있는 수준의 표면적이고 보편적인 지식만으로 충분할 것이다. 그렇지만 어떠한 직업을 가진 사람이든 공통적으로 알아두어야 할 것은 철저하게 알아두는 것이 좋다. 어학, 역사, 지리, 철학, 논리학, 수사학 등이 바로 그렇다. 너의 경우는 그 외에도 유럽 각국의 정치 형태나 군사 및 종교에 관한 지식 등이 필요하다. 따라서 너는 이 광범위한 지식 체계를 자신의 것으로 흡수하기는 생각보다 쉬운 일은 아니며, 각별한 노력도 필요할 것이다. 하지만 한 가지씩 꾸준하게 쌓아 가면 불가능한 일도 아니다. 그리하여 그 노력이 결국은 너에게 큰 재산으로 남는다. 다시 말해 두지만 너는, 어리석은 사람들이 흔히 입에 올리는 '그런 일은 할 수 없다.'라고 하는 변명 따위는 하지 않기를 바라며, 또한 하지 않으리라 믿고 있다.

정신적이든 육체적이든 할 수 없는 일이란 거의 없다. '한 가지 일에 오랫동안 집중할 수 없다'라고 말하는 것은 '나는 바보입니다, 하기 싫습니다.'라고 말하는 것과 조금도 다를 바가 없다.

내가 알고 있는 사람 중에 자기의 칼을 어떻게 몸에 차야 할지 모르는 사람이 있었다. 그는 식사할 때마다 그것을 풀어놓고 있었다. 칼을 찬 채로는 식사를 할 수가 없다는 것이 그 이유였다. 그래서 나는 이렇게 충고하지 않을 수 없었다.

"칼을 풀어 놓는다는 것은, 식사 중에는 자신에게나 다른 동석자에게나 위험한 일이 결코 일어나지 않는다고 당신이 보증한다는 의미입니다."

어쨌든, 다른 모든 사람들이 쉽게 하고 있는 일을 '할 수 없다.'라고 하는 것은 참으로 부끄러운 일이며 또한 어리석은 일이라고 생각하지 않느냐?

제2장
작은 일에도 소홀히 하지 않는 사람은
반드시 성공한다

1. 작은 일에도 가치가 있다면 최선을 다 하여라.

세상에는 대수롭지 않는 일로 일 년 내내 바쁘게 보내는
사람들이 있다. 불쌍하게도 그들은 무엇이 중요하며, 무엇이
중요하지 않는가를 구분하지 못한다. 그리하여 막상 중요한
일에 소비해야 할 시간과 노력을 그만 하찮은 일에 쏟아 버
리고 마는 것이다. 이러한 사람들은 누구와 만나서 이야기할
때도 상대방의 입고 있는 옷에만 마음을 빼앗겨, 정작 상대
방의 인격을 보지 않는다. 또한 연극을 볼 때도 그 내용보다
는 외부의 장식에만 눈을 빼앗긴다.

정치에 대해서도 진지한 자세로 정책이 이렇다거나 저렇
다거나 말하기보다는 형식에 얽매어 버린다. 그런데 똑같이

대수롭지 않는 일이라도 그것이 없으면 다른 사람들로부터 호감을 살 수도 없고, 즐겁게 할 수도 없는 것이 있다. 이런 것들은 훌륭한 사람이 되기 위하여 지식이나 견식을 넓히고, 나무랄 데 없는 행동거지를 몸에 익혀두고자 생각하는 것과 마찬가지로, 제아무리 사소한 일이라도 노력하여 몸에 익혀 두는 것이 필요하다. 조금이라도 해볼 만한 가치가 있다고 생각되는 것은 슬기롭게 성취해야 한다. 또한 슬기롭게 성취하기 위해서는 무엇보다도 먼저 그것에 주의를 기울여야 한다. 그러므로 너에게 꼭 권고 하고 싶은 것이 있다. 이를테면 춤이나 옷차림 같은 사소한 것에까지 신경을 쓰도록 해라.

2. 눈앞의 사물이나 인물에서 눈을 돌리지 말라.

일반적으로 주의가 산만하다는 말을 듣는 사람은 흔히 머리가 나쁜 사람이든가, 집중력이 흩어져 있는 사람이다. 그 어느 쪽이든 간에 함께 있어도 즐겁지 않을 것만은 확실하다. 그러한 사람은 모든 면에서 예의에 벗어나 있다. 예컨대 어제까지만 해도 다정하게 지냈던 사람에게 오늘은 갑작스레 모르는 척한다. 모두가 모여 즐거운 이야기를 나누고 있어도 그 속에 끼어들지 않는다. 아니, 오히려 이따금씩 갑자기 생각난 듯 자기 마음대로 대화에 끼어든다. 이것은 한 가지 일에 정신을 집중하지 못한 증거이다. 그렇지 않다면 좀 더 중요하다고 생각되는 무엇인가에 정신을 빼앗기고 있다고 생각할 수밖에 없다.

영국의 물리학자인 아이잭 뉴턴Isaac Newton을 비롯하여 천지창조 이래 현 시대에 이르기까지 나타났던 수많은 천재들은 아무리 많은 사람들이 주위에 있어도 사색에 깊숙이 몰두할 수 있는 것이 허용 되었는지도 모른다. 그렇지만 그러한 특권을 갖지 못한 보통 사람들은 그래서는 안 된다. 그들의 흉내를 조금이라도 냈다가는 끝장이다. 그 즉시 단순한 얼간이 취급을 받고, 결국에는 동료들로부터 따돌림 당하는 것이 고작이다.

나는 주의력이 모자라는 사람이나 주의가 산만한 사람과 같이 있으면 불쾌해지지 않는 사람은 없다고 생각한다. 그것은 상대방을 모욕하고 있는 것과 다를 것이 없다. 모욕은 어떤 사람에게 있어서도 용서할 수 없는 일이다. 생각해 보아라. 자신이 존경하고 있는 사람이나 사랑하고 있는 사람을 앞에 두고 어떻게 정신이 흐트러질 수 있겠느냐? 그럴 수가 없다. 결국은 어떠한 사람이라도 주목할 만한 가치가 있다고 생각되는 사람에 대해서는 정신을 집중할 수밖에 없는 법이다. 그리고 어떠한 경우에도 주목할 만한 가치가 없는 상대는 없는 법이다.

내 생각을 솔직히 밝히자면, 마음이 딴 데에 가 있는 사람과 함께 있느니보다 차라리 죽은 사람과 함께 있는 편이 낫겠다. 적어도 죽은 사람은 나를 무시하지는 않는다. 하지만 주위가 산만한 사람은 나를 주목할 만한 가치가 없는 사람이라고 무언중에 단정하고 있는 셈이다. 설령 그것이 허용된다 하더라도 정신이 산만한 사람이 과연 같이 있는 사람들의 인격이나 매너, 그 고장의 관습 따위를 제대로 관찰할 수 있겠느냐? 그럴 수 없을 것이다. 그런 사람은 설령 평생을 훌륭한 사람들에 둘러싸여 있다 하더라도 무엇 하나 얻는 것도 없이 인생을 끝내 버릴 것이다. 그리고 지금 당장 해야할 일이나 하고 있는 일에 주의를 집중시키지 못하는 사람은 훌륭한 일을 할 수도 없을 것이며, 훌륭한 대화의 상대가되지도 못할 것이 틀림없다.

제3장
자존심은 상대방도 너와 똑같이 가지고 있다

1. 때로는 자신을 낮추는 지혜도 필요하다.

내가 볼때, 너는 주위 사람들에 대한 주의력이 조금 부족한 편이다. 그 점은 네가 그 사람들을 무시하고 있는 셈이된다. 내가 여러 번 지적했던 말이지만 세상에는 무시해도좋을 정도로 사려가 없고 쓸모없는 인간은 없는 법이다.

이 세상에는 물론 많은 부류의 사람들이 있다. 그들 중에는 어리석은 사람들도 있고, 현명하지 못한 사람들도 많을것이다. 그러한 사람들을 나는 존경하라고 너에게 말하지는않겠다. 하지만 그들을 무시를 해서는 안 된다. 네가 눈에 띄게 무시를 하면 그 많은 사람들의 힘을 당하지 못하여, 마침내 자기 신세를 망치게 된다. 마음속으로 상대방을 싫어하는것은 너의 자유이지만, 그런 마음을 쓸데없이 보일 것까지는 없다는 말이다. 그것은 비굴한 일도, 아무것도 아니다. 오히려 때로는 필요하면서도 현명한 태도이다. 왜냐하면 그러한 사람들이라 할지라도 언젠가는 너의 힘이 되어 줄 때가 있을지도 모르기 때문이다. 만약 그럴 경우, 단 한 번이라도 네가 그 사람을 무시한 일이 있었다면 상대방은 너의 힘이 되어 주지 않을 것이다. 나쁜 행동은 용서받을 수 있지만, 모욕은 결코 용서받을 수가 없다. 왜냐하면 사람에게는 저마다 자존심이라는 것이 있어서, 그 자존심이 언제까지나 무시당한 일을 기억하고 있기 때문이다.

무시를 받는다는 것은, 때로는 우리가 자신이 저지른 죄 이상으로 숨겨 두고 싶은 자기의 약점이나 결점을 노골적으로 건드리는 일로 연결된다. 이것은 참으로 괴로운 일이다. 실제로 친구들에게 자신의 잘못을 그대로 고백하는 사람은 많이 있지만, 아무리 친한 친구 사이라 해도 자신의 약점이나 결점을 털어놓는 사람을 나는 지금까지 한 번도 본 적이 없다.

이와 마찬가지로, 잘못을 지적해 주는 친구는 있어도 상대방의 어리석음을 노골적으로 건드리는 사람은 없을 것이다. 왜냐하면 자기 스스로 고백을 하든, 다른 사람으로부터 지적받든 간에 둘 다 깊이 자존심을 상하게 한다는 점을 잘 알고 있기 때문이다. 약간의 모욕을 당하면 그 어떠한 사람이라도 그것에 화를 낼 만큼의 자존심은 가지고 있다. 그러므로 평생의 적을 만들고 싶지 않으려거든, 모욕을 받아도

마땅한 인간이라고 생각되더라도 그것을 밖으로 드러내서는
안 된다.

2. 무심결에 잘못 뱉은 말이 평생의 적을 만든다.

젊은이들에게는 흔히 자기 자신의 우월감을 보여 주고 싶
거나 주위 사람들을 기쁘게 해 주고 싶어서, 다른 사람의 약
점이나 단점을 들춰내는 일이 더러 있다. 그러나 이런 일만
큼은 너는 절대로 해서는 안 된다. 또 그러한 유혹에 넘어가
서도 안 된다. 그런 짓을 하면 분명히 그 당시에는 주위 사
람들을 웃길 수가 있을지 모른다. 하지만 그런 일로 해서 너
는 평생의 적을 만들게 된다. 그리고 그 당시는 너와 함께
웃었던 친구들조차도 나중에 그 일을 생각해 보고는 오싹해
질 것임에 틀림없다. 그래서 결국은 그들까지도 너를 멀리하
게 될 것이다. 그뿐만이 아니다. 먼저 그런 짓 자체가 품위가
없는 일이다. 마음씨가 착한 사람이라면 다른 사람의 약점이
나 불행을 감추어 주었으면 주었지, 그것을 다른 사람들에게
공개적으로 들춰내지는 않는다. 만일 너에게 슬기가 있다면,
그 슬기는 다른 사람의 마음에 상처를 주기 위해서가 아니
라, 다른 사람을 즐겁게 만드는 데 쓰도록 해라.

제4장
자신의 가치관만으로 세상을 재지 말라

1. 상대방의 생각이 무조건 틀렸다는 편견을 버려라.

오늘, 네가 보낸 8일자 소인이 찍혀 있는 편지를 받아 보았다. 로마 카톨릭 교회에 대해 어리석게도 꾸며낸 이야기를 듣고, 또 그것을 맹신하고 있는 신자들을 보고서 놀랐던 너의 심정은 잘 알겠다. 그렇지만 비록 잘못된 믿음이라도 본인들 자신이 진심으로 그렇게 믿고 있는 이상 결코 비웃거나, 탓한다거나 하면 안 된다.

판단력이나 분별력이 어두워져 눈이 흐려진 사람은 불쌍한 사람이다. 하지만 그들이 비웃음거리가 될 만한 일이나 책망 받을 만한 일을 해서 그렇게 된 것은 아니란다. 그러므로 그들에게 상냥한 마음으로 대하고, 가능하다면 서로 진지한 대화를 통해 올바른 길로 인도해 주는 마음가짐으로 대하는 것이 먼저 필요하다. 결코 비웃거나 책망해서는 안 된다.

사람은 각기 자신의 판단에 따라서 행동하는 법이다. 또 그렇게 하는 것이 바람직하다. 그런데 그것을 자신의 판단과 완전히 똑같아야 한다는 것은 상대의 체격이나 키가 자기와 똑같아야 한다고 생각하는 것과 마찬가지로 오만한 생각이다. 저마다 사람은 자기가 옳다고 믿으며 살아가고 있다. 하지만 정녕 누가 옳고 나쁜가를 알고 있는 것은 오직 하느님 한 분뿐이다. 그러므로 상대방의 생각이 자기의 생각과 다르다고 해서 무시하는 것은 우스운 일이며, 자기의 믿음과 다르다고 해서 이교도 취급을 하며 박해하는 것 또한 우스꽝스런 일이다.

사람이란 자신이 생각하는 것 밖에 생각할 수 없으며, 믿는 것 밖에 믿을 수 없는 동물이다. 비난받아야 할 사람은 일부러 거짓말을 하거나 이야기를 날조한 사람이지, 그것을 믿는 사람이 아닌 것을 알아야 한다.

2. 떳떳하게 살아가겠다는 마음가짐을 가져라.

　본래 거짓말만큼 죄가 크고 야비하고 어리석은 것은 없다. 대개 거짓말을 하게 하는 요인은 적대심이나 비겁함이나 허영심에서 비롯된 것으로, 어떤 경우이든 목적이 달성되는 일은 드물다. 왜냐하면 아무리 교묘하게 숨겼다고 해도 거짓말은 언젠가 탄로가 나기 때문이다. 예컨대 누군가의 행운이나 덕을 시샘하여 거짓말을 했다고 하자. 분명히 얼마 동안은 상대에게 상처를 입힐 수가 있을지도 모른다. 그렇지만 결국 가장 괴로움을 받는 사람은 자기 자신일 것이다. 거짓말이 탄로났을 때 가장 큰 상처를 입는 것은 바로 자기 자신이기 때문이다. 더욱 그런 일이 있은 이후에도 그 상대에 대하여 호의적이 아닌 말이라도 하게 되는 경우에, 제아무리 그 말이 사실이라도 단순한 중상모략이라고 간주된다.
　이런 손해 보는 행동은 다시 없을 것이다. 그리고 자기의 말과 행동에 대해서 변명하거나, 명예가 손상되고 창피를 당할까 두려워 거짓말을 하거나 변명을 한다는 것은, 거짓말이나 변명은 별로 다를 것이 없으므로 어리석은 행위이다. 얼마 되지 않아 자기의 거짓말과 그 원인이었던 불안으로 인해 오히려 명예를 손상 받는 창피를 당한다는 점을 깨닫게 될 것이다. 또한 인간 중에서 그 사람은 가장 저질이고 야비한 자라는 증명을 한 것이나 다를 것이 없다. 주위 사람들이 그런 눈총을 보내도 어쩔 수가 없다. 만약 불행하게도 잘못을 저질렀을 때는 거짓말을 하여 그것을 모면하려고 하기보다는 차라리 솔직하게 시인해 버리는 편이 훨씬 현명하고 떳떳하다. 그리고 그렇게 하는 편이 속죄를 하는 방법이며, 용서를 구하는 유일한 방법이기도 하다. 잘못이나 무례함을 숨기려고 변명을 한다거나 얼버무리거나 속인다거나 하는 행위는 그다지 보기 좋은 것은 아니다. 그뿐 아니라, 그 사람이 무엇을 두려워하고 있는지도 자연스레 알게 되는 법이다. 그렇기 때문에 그런 저질스러운 행동을 해도 성공하는 일은 드물며, 성공하지 못하는 것은 당연한 것이다.

이제 너 자신도 양심이나 명예에 상처를 받지 않고 사회를 멋지게 살아나가고 싶으면, 속이지 말고 떳떳하게 살면 된다. 이 말을 생명이 다 할 때까지 머릿속에 새겨두어라. 그렇게 사는 것이야말로 사람으로서의 의무이며, 자기의 이익이기도 하단다. 그 증거로 너도 깨닫고 있겠지만, 어리석은 사람일수록 거짓말을 곧잘 하는 법이다. 나도 그 사람이 얼마나 거짓말을 하는가를 가지고 그의 인격의 수양 정도와 지능 정도를 측정하고 있단다.

제5장
세상이라는 거대한 미로의 입구에 서 있는 너에게

1. 이론만으로는 세상사가 터득되지 않는다.

오늘은 사회에 대하여 공부를 해 보자. 이것은 아무리 나이가 들어도 생각해 볼만한 가치가 있다. 특히 네 나이로서는 좀처럼 얻을 수 없는 지식이라고 본다. 이러한 인생의 지혜를 젊은이에게 가르쳐 주는 어른들이 많지 않다는 것을 오래 전부터 안타깝게 생각하고 있었다. 어른들은 모두가 자기의 역할이 아니라고 생각하는 것인지 모르겠다.

학교의 교사나 교수도 마찬가지이다. 교과서나 자기의 전문 분야를 가르칠 뿐, 그 외의 것은 별로 중요하게 여기지 않는다. 아니, 차라리 가르칠 수 없다고 말해야 할지도 모른다. 이러한 점은 부모도 마찬가지다. 부모도 가르칠 수 없는 것인지, 바쁜 생활에 얽매여 있어서 그런지 몰라도 가르치려고 하지 않는다. 그 중에는 자식을 사회에 내보내는 일이야 말로 가장 좋은 공부라고 생각하고 있는 부모들도 있다. 이것은 어떤 의미에서는 옳다고 본다. 분명히 말해서 세상사는 이론만 가지고는 모른다. 왜냐하면 실제로 세상에 몸을 담아 보지 않고서는 알 수 없기 때문이다. 그래서 사회라는 미로에 첫발을 내딛기 전에, 이미 거기에 들어가 본 적이 있는 경험자가 대충 약도를 그려 주는 것이 바람직하다고 생각하고 있단다.

2. 정당하게 평가받는 사람과 받지 못하는 사람의 차이

제아무리 훌륭한 사람이라도, 존경을 받기 위해서는 어떤 종류의 위엄을 갖추고 있어야 한다는 말이다. 소란을 피우거나 큰 소리로 웃거나 우스꽝스러운 짓을 한다든가 하는 행동은 위엄 있는 태도가 아니다. 이런 태도로는 아무리 풍부한 지식을 갖춘 인격자라도 존경을 받는 일은 드물다. 오히려 상대방으로부터 업신여김을 받는 것이 고작이다. 농담 또한 마찬가지다. 실없는 농담만 하는 사람은 어릿광대와 조금도 다를 것이 없다. 사람들을 감복시키는 재치와는 상당히 다르다. 결국에는 자기 본래의 성격 및 태도와는 관계가 없는 면이 마음에 들어 동료로 받아들여지거나 주목받고 있는 사람들은 결코 존경을 받는 일이 없는 법이란다. 오히려 적당히 이용만 당할 뿐이다.

3. 항상 위엄 있는 태도의 생활 방식을 가져라.

그러면 어떠한 것이 위엄 있는 태도일까? 위엄 있는 태도란 거만한 태도와는 다르다. 아니, 그보다는 서로 반대되는 것이라고 말하는 편이 맞다. 거만하게 잘난 척하는 것은 용기가 아니며, 농담이 기지가 아닌 것과 똑같은 이치다. 거만한 태도만큼 자신의 품위를 떨어뜨리는 것은 없다고 해도 좋다. 거만한 인간의 자만심은 분노를 만들기도 하지만, 그이상의 비웃음과 멸시를 만든다. 이는 물건에 터무니없이 비싼 값을 붙여서 팔려고 하는 장사꾼과 흡사하다. 우리도 그런 장사꾼에게는 터무니없이 싼 값으로 사려고 한다. 반대로 정당한 값을 부르는 장사꾼에게는 시비를 걸지 않는다.

무엇보다도 위엄 있는 태도라 함은 무턱대고 아부하거나 팔방미인처럼 행동하는 것도 아니다. 그리고 무엇에나 반발하거나 시끄럽게 싸움을 거는 일도 아니다. 위엄 있는 태도는 자기 의견은 겸손하면서도 명백히 말하고 다른 사람의 말은 귀 기울여 듣는 것이다. 또한 얼굴 표정이나 동작에 엄숙한 분위기를 감돌게 하면 위엄이 있어 보인다. 물론 여기에다 생동감이 넘치는 기지나, 밝고 고상함을 표정에 덧붙여도 좋다. 본시 그런 것들은 존경심과 위엄을 느끼게 하는 법이다.

이와는 반대로 히쭉히쭉 웃는 태도나 침착성이 없는 몸놀림은 자못 경솔한 느낌을 준다. 그리고 겉으로는 위엄 있어 보이지만, 항상 당하고 있는 인간이 제아무리 몸부림을 친들 용기 있는 인간으로는 보이지 않는 것과 마찬가지로, 악습에 몸이 젖어 버린 인간은 위엄이 있는 인간으로는 보이지 않는 법이란다. 그렇지만 그러한 인간이라도 예의바르게 행동하고 당당하면 조금은 추락하는 속도가 경감될지도 모른다.

너에게 이야기하고 싶은 것은 여러 가지로 더 많지만, 나머지는 로마의 정치가인 키케르Cicero의 『안내서(Offices)』를 보거나 『예의범절 편람(The Decorum)』 등을 보고 미리 공부해 두어라. 가능하면 암기하겠다는 마음가짐을 갖는 편이 좋다. 이러한 저서들은 위엄을 몸에 갖추기 위한 여러 가지 유익한 내용이 자세히 기록되어 있단다.

제3부

오늘에 충실 하는 일은
성공적인 삶의 지름길이다.

제1장
오늘의 1분을 비웃는 자는 내일의 1초에 운다

1. 세월은 지나간 시간을 가리키지 않는다.

　돈이나 재물을 현명하게 사용할 줄 아는 사람은 흔하지 않다. 하지만 그보다도 더 적은 것은 시간을 현명하게 쓸 줄 아는 사람이다. 그리고 시간을 지혜롭게 쓸 수 있는 것이 돈이나 재물을 지혜롭게 사용할 수 있는 것보다 중요하다는 것은 이야기할 필요조차도 없다.

　나는 네가 이 두 가지를 현명하게 사용할 줄 아는 사람이 되어 주기를 바란다. 이제 너도 차츰 그런 것을 생각해야 할 나이이다. 누구나 나이가 어릴 때는, 시간은 충분히 있다거나 아무리 낭비해도 없어지는 일은 없다고 생각하기 쉽다. 그러나 그것은 소중한 재산을 탕진해 버리는 것과 같으므로, 깨달았을 때에는 이미 늦어 어떻게 할 수도 없는 상태가 되어 버리는 경우가 많다. 지금은 이 세상을 떠나고 없지만, 저 월리엄 3세나 앤 여왕, 그리고 조지 1세 시대에 걸쳐 그 이 름을 떨쳤던 라운즈 재무대신은 생전에 자주 이렇게 말했었 다.

"1펜스를 업신여겨서는 안 된다. 1펜스를 비웃는 자는 1 펜스에 운다."

과연 이 말은 명언이었다. 그는 이 말대로 스스로 실천하 였다. 그 결과 손자 두 사람에게 막대한 유산을 남겨 주었다. 또한 이 말은 그대로 시간에도 적용될 수 있다. 1분을 비웃 는 자는 1분에 우는 법이다. 그러니까 10분이나 20분이라도 헛되이 쓰지 않도록 해라. 10분이나 20분이라고 해서 헛되 이 보내면 하루에 몇 시간을 낭비하게 된다. 그것이 1년간 쌓이면 그것은 적은 시간이 아니다. 인생이 바뀔 수 있는 상 당한 시간이 된다.

2. 자투리 시간을 그냥 보내지 말라.

예를 들자면, 어디서 누군가와 12시에 만나기로 했다고 하자. 너는 11시에 집을 나서서 그전에 두세 사람의 집을 찾아볼 생각을 하고 있었다. 그런데 그들 중의 한 사람이 집에 없었다. 그 때 너는 어떻게 하겠느냐? 커피숍에라도 들어가서 시간을 때우겠느냐?

내 경우 같으면 그렇게 하지 않는다. 우선 나는 집으로 돌아간다. 집으로 돌아가서 편지를 쓴다. 그렇게 하면 다른 사람과 만나기로 약속한 장소에 갈 때, 그 편지를 우체통에 넣을 수가 있다. 만약 편지를 다 쓰고 나서도 아직 시간적인 여유가 있을 경우에는 책이라도 읽는다. 이와 같이 시간을 효과 있게 사용하면 시간이 절약된다. 적어도 시간을 따분하게 보내지는 않을 것이다. 세상에는 쓸데없이 시간을 허비하여 요령 없이 보내는 사람이 많다. 안락의자에 기대앉아 하품을 하면서,

"어떤 일을 시작하기에는 시간이 조금 모자라고……"

라고 말한다. 그러나 이런 사람은 실제로 시간이 남아돌아도 어떤 일도 시작하지 않는다. 끝내 아무것도 하지 않은 채 그냥 시간만 보낸다. 참으로 게으른 성격이라고 할 수 밖에 없다. 어쩌면 이런 사람은 공부를 하거나 일을 하더라도 성공하지 못할 것이다. 네 나이 때에는 한가롭게 세월을 보

내는 것은 아직 허용되지 않는다. 비로소 내 나이가 되어서야 허용되는 것이다. 이를테면 너는 이제 막 사회에 얼굴을 내밀었을 뿐이다. 그러니 적극적이고 근면하며, 끈기가 있어야 한단다. 특히 앞으로 몇 년 동안이 네 일생에 얼마나 소중한 의미를 가질 것인가 생각해 보렴. 그러면 한 순간도 소홀히 할 수가 없을 것이다. 그렇다고 해서 하루 종일 책상 앞에만 매달려 있으라고 말하는 것은 아니다. 그렇게 권하고 싶은 생각도 없고, 그렇게 해 주었으면 하고 생각해 본 적도 없다. 바라건대 오직 무엇이든 좋으니 무엇인가를 하고 있다는 것이 중요한 것이다. 20분이니까 30분이니까 하며 우습게 생각하고 아무것도 하지 않고 있으면, 1년 후에는 네 인생에 있어 엄청난 손실을 보게 된다.

예컨대 하루 중에서도 공부하는 시간과 노는 시간 틈틈이 약간이지만, 자투리 시간이 몇 번은 날 것이다. 그럴 때 우두커니 하품이나 하고 무료하게 앉아 있어서는 안 된다. 어떤 책이든 좋으니까 가까이에 있는 책을 읽어 보도록 해라. 비록 콩트집 같은 가벼운 책이라도 읽지 않는 것보다는 훨씬 나을 것이다.

3. 사소한 시간이라도 최대한으로 활용하라.

내가 아는 사람 중에는 시간을 사용하는 방법이 아주 지혜로워서 사소한 시간도 결코 헛되이 보내지 않는 사람이 있다. 약간 지저분한 이야기가 되어서 안됐지만, 이 사람은 화장실에 들어가 있는 짧은 시간까지 유용하게 이용하여, 고대 로마 시인의 작품을 조금씩 읽어 나가 드디어 그것을 독파해 버렸다.

예를 들어 호라티우스를 읽고 싶다고 가정하자. 이 사람은 호라티우스의 시집을 문고판으로 사가지고 온다. 그것을 화장실에 갈 때마다 두 페이지씩 찢어가지고 가서 화장실 안에서 읽는다. 다 읽은 종이는 그냥 그대로 여신 크로아카 Croaka에게 예물로 바친다. 다시 말해 내버리고 온다. 그는 이 것을 되풀이하는 것이다.

이 방법은 확실히 상당한 시간 절약 방법이라고 생각지 않느냐? 너도 한 번 시험해 보면 어떻겠느냐? 달리 볼일 보는 것 외에는 하는 일도 없이 무료하게 앉아 있는 것보다는 훨씬 좋을 것이다. 게다가 이렇게 하면 읽어야 할 책의 내용이 언제나 머릿속에 남아 있어서 대단히 효과적일지도 모른다. 물론 어떤 책이든 모두 다 좋다는 것은 아니다. 계속해서 읽지 않으면 이해하기 어려운 과학에 관한 책이라든지, 내용이 까다로운 책은 적당치 않을 것이다. 하지만 그런 책이 아니더라도 몇 페이지 찢어서 읽어도 충분히 의미가 통하고, 또한 유익한 책들도 많이 있다. 따라서 그러한 책을 골라서 읽으면 좋을 것이다.

이와 같이 얼마 되지 않은 짧은 시간이라도 효과적으로 사용하면, 나중에 상당한 일을 했다는 것을 깨닫게 된다. 그렇지만 짧은 시간이라고 해서 아무것도 하지 않고 쓸데없이 보내면 나중에 되찾으려고 해도 좀처럼 되지 않는 법이다. 그러므로 한 순간 한 순간을 의미 있게 사용해 주기를 바란다. 그냥 아무것도 하지 않고 있는 것보다는 뜻이 있으면서도 즐거웠다고 생각되는 시간 사용법을 생각해 보도록 해라. 이것은 설령 공부에만 한정된 일은 아니다. 노는 것도 때로는 필요하며, 또한 중요하다는 것을 앞에서도 지적했다. 인간이란 노는 것을 통해서 성장하고, 제 역할을 할 줄 아는 어른으로 되어 간단다.

잘난 척하거나 꾸미는 태도를 벗어던졌을 때의 인간의 참모습을 가르쳐 주는 것도 놀이이다. 그러므로 놀 때에도 빈둥거려서는 안 된다. 놀 때는 그 노는 데 집중하여 놀아 주기 바란다.

4. 일의 순서가 좋다는 것은 머리가 현명하다는 뜻이다.

　비즈니스에는 대다수의 일반 사람들이 생각하고 있는 마술과 같은 능력이나 특수한 재능은 필요하지 않다. 일의 체계, 이를테면 순서와 근면함과 분별력만 있다면, 재능만 있고 질서가 없는 사람보다 훨씬 훌륭하게 일을 처리할 수 있다. 지금 너도 사회인의 한 사람으로서 첫걸음을 내디딘 이상, 지금 한시라도 빨리 체계를 세워 일을 진행시키는 버릇을 길러야 한다. 일의 순서를 정하고, 그것에 따라서 일을 진행하는 것이야말로 일을 능률적으로 완성하는 요령이다. 모든 일에 순서를 정해야 한다. 그렇게 하면 얼마만큼의 시간이 절약되는가, 얼마만큼 일이 잘 진행되는가를 경험하게 될 것이다.
　영국의 정치가 말버러Marlborough공작을 돌이켜 생각해 보아라. 그분은 단 1초도 허비하지 않음으로써 똑같은 1시간 동안에 보통 사람들보다 몇 배나 되는 일을 처리해 냈다. 또한 영국의 장군이며 왕당파의 사령관으로서 전쟁에 패배한 후, 유럽으로 망명을 했던 뉴캐슬Newcastle공작의 그 허둥대거나 혼란스러운 모습은, 일 때문만은 아니다. 바로 일에 질서와 순서가 잘못되어 있었기 때문이다. 한편 영국의 정치가인 로버트 월폴Robert Walpole전 수상은 다른 사람의 10배나 되는 일을 하면서도 단 한 번도 허둥대는 모습을 보인 일이 없었다.

그것은 일을 하는 순서가 미리 정해져 있었기 때문이다. 제 아무리 유능한 인물이라도 순서를 정하지 않고 일을 하면 머릿속이 혼란해서 마침내 손을 들게 되고 만다.

너는 내 눈에 조금 게으른 편이다. 지금부터는 게으르지 않도록 분발해 주기 바란다. 지금 곧바로 자신에게 타일러서 2주일 정도라도 좋으니, 일을 하는 방법과 순서를 정해 보기 바란다. 그렇게 하면 어느만큼 좋은 결과를 가져오는가를 알게 되어, 앞으로는 순서에 따라서 능률적으로 일을 해 나갈수 있을 것이다.

제2장
지혜롭게 놀면서 자기 자신을 성장시켜 나가라

1. 나는 네 인생의 길잡이다.

놀이와 오락은 인생에 있어서 거의 대다수의 젊은이가 걸려드는 암초와 같은 것이 아닐까? 돛을 한껏 부풀리고 즐거움을 찾아 출범한 것까지는 좋았지만, 문득 정신을 차려 보니 방향을 가늠할 나침반도 없을 뿐만 아니라, 키를 잡는 데 필요한 지식도 없다. 이런 처지로는 목적지인 참다운 즐거움에 도달할 리가 없다. 다만 불명예스러운 상처를 입고 비틀대며 간신히 항구로 되돌아오는 것이 고작이다. 이렇게 말하면 오해받을 것 같지만, 나는 금욕주의자처럼 즐거움을 혐오하는 사람도 아니고, 쾌락에 빠져서는 안 된다고 신부처럼 설교하는 사람도 아니다. 아니, 오히려 쾌락 주의자에 가까워서 여러 가지 놀이도 소개해 주어 마음껏 즐기라고 권하고 싶다. 이 말은 정말이다. 네 마음껏 신나게 놀아주기 바란다. 나는 다만 네가 잘못된 항로를 택하지 않도록 인도하려는 생각뿐이다.

너는 어떠한 일에 즐거움을 찾고 있느냐? 마음이 맞는 친구와 많은 돈을 걸지 않는, 절도 있는 카드놀이를 즐기느냐? 아니면 유쾌하고 품위 있는 사람들과 즐겁게 식사를 함께 하고 있느냐? 함께 있음으로써 배울 것이 많은 사람과 가까이 교제하려고 노력을 하고 있느냐?

너는 나를 친구라고 생각하고 무엇이든 스스럼없이 말해 주기 바란다. 나는 너의 즐거움을 하나하나 따지는 따위의 생각은 추호도 하지 않는다. 오히려 인생의 길잡이로서 건전하게 노는 법을 가르쳐 주고 싶을 뿐이다.

2. 놀이에는 빠지기 쉬운 치명적인 함정도 있다.

자칫 잘못하면 젊은이는 자신의 기호와는 전혀 관계없이 외관만으로 즐거움을 선택하기 쉽다. 극단적인 경우는 무절제야말로 놀이의 본질이라고 착각하고 있는 사람조차 있다.

너 역시도 그렇지 않을까? 예컨대 술은 확실히 마음과 몸에 나쁜 영향을 끼치기는 하지만 멋진 놀이라고 생각하고 있는 것은 아닐까? 도박도 여러 번하다 보면 져서 때로는 무일푼이 되는 일도 있고 난폭한 행동을 취하는 경우도 있지만, 재미있는 놀이의 한 가지일 것이다. 또 여자의 꽁무니를 따라다니는 일 자체도 최악의 경우 매독에 걸려 코가 이지러지든가, 건강을 해치든가 할 정도이지, 온몸이 망가지는 일 따위는 좀처럼 없는 것이라고 생각지 않을까?

내가 지금 앞에서 예로 든 것들은 너도 알고 있겠지만 모두가 가치 없는 놀이뿐이다. 그런데 그 가치 없는 놀이가 많은 젊은이의 마음을 사로잡고 있다. 그들은 잘 생각해 보지도 않고 남들이 오락이라고 부르는 것을 그냥 그대로 받아들이고 있는 것이다. 놀이에 열중하는 것은 네 나이에는 당연하다. 하지만 젊기 때문에 대상을 잘못 선택하거나, 잘못된 방향으로 빠져들 염려도 크다. 요즘 '놀기 잘 하는 한량처럼 보인다.'는 것이 젊은이들의 보편적인 생각이라고 하지만 과연 그들은 자기의 종착역이 어딘지 알고서 무절제를 되풀이하는 것일까?

지난 이야기이지만 확실한 예가 있다. 어떤 젊은이가 훌륭한 한량이 한번 되어 보려고 프랑스의 희극작가인 몰리에르Moliere 원작의 번역극인 『타락한 방탕자(Le Festin de Pierre)』를 보러 갔다. 주인공의 방탕한 행각에 매료된 이 젊은이는 자기도 그와 같이 '타락한 방탕자'가 되기로 결심하였다. 그런데 친구들 몇 사람이 '타락한'은 그만두고 '방탕자'만으로 만족하는 것이 좋지 않겠느냐고 설득해 보았지만 아무런 소용이 없었다. 그는 의기양양하게 이렇게 말했다고 한다.

"싫어, 싫어. '방탕자'만으로는 싫단 말이야. '타락한'이 붙어 있지 않으면 완벽한 방탕자가 되지 못한단 말이야."

'정말 한심한……' 이라고 생각할지 모르겠지만, 이것이 오늘날 많은 젊은이들의 현실이다. 젊은이들은 겉보기에만 사로잡혀서 스스로 생각할 여유도 없이 닥치는 대로 덤벼든다. 그렇게 하여 최후에는 정말 자신이 했던 말 그대로 '타락해' 버리는 것이다.

3. 놀이에도 나름대로의 목적이 있다.

　나 자신의 체험담은 그다지 이야기하고 싶지 않은 일이지만 참고가 될지도 모르기 때문에 부끄러움을 무릅쓰고 이야기해 주겠다. 나 역시 예외는 아니어서, 내 기호와는 상관없이 '놀기 좋아하는 한량'으로 보여지는 것에서 가치를 발견한 어리석은 젊은이 중 한 사람이었다. 그렇다. 어리석기 그지없었던 나는 본래 좋아하지도 않는 술을 '놀기 좋아하는 한량'처럼 보이기 위하여 진탕 마셨고 마시고는 기분이 나빠지고, 이튿날에 숙취를 느끼면서도 또다시 마시는 악순환을 계속하여 반복했다.

　나는 도박에도 예외가 아니었다. 돈에는 그다지 제약을 받지 않기 때문에 돈이 필요해서 도박을 한 일은 한 번도 없었다. 그러나 마찬가지로 '도박을 한다.'는 것이 신사의 필수 조건이라고 생각하였다. 그래서 분별 없이 뛰어들었으나, 별로 마음에 내키지 않았다. 그렇지만 혐오감을 느끼면서도 인생에서 가장 충실해야 할 30년간을 도박에 질질 끌려 다니면서 지냈다. 그 때문에 나는 그 시간만큼 그 시간 이상으로 인생의 참다운 즐거움을 경험하지 못했다. 참으로 어리석고 부끄러운 일이었다. 아무튼 나는 이러한 어리석은 행위들을 일체 중단해 버렸다. 왜냐하면 떳떳하지 못함을 절실히 깨닫고, 무서운 생각마저 들었기 때문이다. 나는 그 대가로

재산도 많이 줄었고 건강도 해쳤다. 하지만 나는 이 모두가 하늘이 내린 벌이라고 뉘우치고 있다. 이 어리석은 나의 체험담에서 너는 무엇을 배울 수 있겠느냐? 나는 진심으로 너 자신의 즐거움을 스스로 선택하여 주었으면 하고 바라고 있다. 놀이에 빠져들어서는 안 된다. 다른 사람들이 모두 그렇게 한다고 해서 너도 그렇게 할 필요는 없다. 어디까지 나는 나라고 생각해야 한다. 먼저 지금 네가 즐기고 있는 놀이가 어떤 것들이 있는지 생각해 보도록 해라. 요즘의 놀이를 그냥 그대로 계속하면 어떻게 될 것인가, 한 가지 한 가지씩 다시 검토해 보기 바란다. 그런 뒤에 그 놀이를 계속할 것인지 그만둘 것이지는 너의 현명한 판단에 맡기겠다.

4. 즐겁게 보이는 것과 정말로 즐거운 것을
   분별하는 눈을 가져라.

지금 만약 내가 네 연령에서 다시 한 번 인생을 고쳐 살 수가 있다면 어떤 일을 할 것인가? 먼저 즐거운 듯이 보이는 것이 아니라, 정말로 즐거운 일만을 하겠다. 그 중에는 친구와 식사를 하거나 술을 마시거나 하는 일도 물론 포함된다. 그렇지만 과식이나 과음으로 해서 괴로움을 당하지 않을 정도로 최대한 억제하겠다.

스무 살까지는 다른 사람을 의식해 가면서 걸을 필요는 없다. 또 일부러 자기의 기호를 강요하거나 상대를 비난해서 빈축을 살 필요도 없다. 다른 사람은 다른 사람이므로 자기 마음대로 하라고 내버려 두면 된다. 그러나 자신의 건강에 대해서만큼은 철저하게 챙기도록 해라. 자신의 건강에 관심이 없는 사람은 어쩔 수가 없다.

도박도 한 번 생각해 보자. 다방면의 친구들과 몇 푼 안되는 돈을 걸고 즐기는 것이다. 환경에 따라 남들과 어울리는 것도 중요한 일이다. 다만 내기에 거는 돈만큼은 신중히 하거라. 이기든 지든 간에 생활에 지장이 없는 범위 안에서 하도록 하자. 물론 도박판에서 이성을 잃고 싸움질을 하는 따위는 결코 해서는 안 된다. 하기야 항간에는 흔히 있는 일이지만 말이다.

독서에도 시간을 할애하자. 분별 있고 교양있는 사람들과의 대화를 위해서도 시간을 만들어 두자. 될 수 있으면 나보다 훌륭한 사람이 대화의 상대로는 좋다. 그러나 남녀를 가리지 않고 보통 사교계의 사람들과 어울리는 것도 괜찮다. 대화의 내용은 그다지 충실하지 않겠지만, 함께 있으면 스스럼없는 기분이 될 수 있고 힘도 솟는다. 더욱이 사람에 대한 태도 등, 보고 배울 점도 많을 것이다.

네 나이에서 내가 다시 한 번 인생을 시작할 수만 있다면, 나는 지금 너를 위해 쓴 것과 같이 즐기고 싶다. 이 모두가 다 분별 있는 것들이라고 생각지 않느냐? 그리고 이러한 것들이야말로 진정한 놀이라고 말할 수 있을 것이다. 진정한 즐거움을 알고 있는 사람은 도락에 빠져 자신을 망치는 일이 결코 없다. 이를 모르는 사람만이 도락을 즐거움이라고 착각하며 믿고 있는 것이다.

그 증거로 술에 취하여 걸음조차 제대로 못 걷는 사람과 친구가 되고 싶어 하는 사람이 양식 있는 사람 중에 있겠느냐? 지불하지도 못할 큰돈을 내기에 걸고서 진 뒤에, 머리털을 쥐어뜯으면서 상대편에게 입에 담을 수 없는 욕설을 퍼붓는 사람을 상대하고 싶다는 사람이 어디 있겠느냐? 방탕한 끝에 성병에 걸려 코가 반쯤 떨어져 나가고, 다리를 질질 끌고 다니는 사람과 친하게 지내고 싶어 하는 사람이 과연 있겠느냐? 결코 있을 수가 없다. 방탕에 제정신을 잃고서도 그것을 자랑하는 따위의 사람들을 양식 있는 사람들이 받아들일 리 없다. 진정한 놀이의 의미를 알고 있는 사람은 품위를 잃는 일이란 없다. 적어도 악덕을 모범으로 삼거나, 악을 따르는 일은 없다. 만일 불행히도 부도덕한 행위를 하지 않으면 안 될 경우에도 대상을 골라서 남이 모르게 은밀히 해야 한다. 일부러 악을 뽐내 보이는 일은 하지 않아야 한다.

제3장
참된 한량은 일의 기쁨을 아는 사람이다

1. 놀이를 목적으로 삼아서는 안 된다.

노는 것은 매우 좋은 일이다. 자기의 놀이를 찾아내어 마음껏 즐겨라. 그러나 다른 사람의 흉내 따위를 내서는 안 된다. 자신의 가슴에 손을 얹고 물어 보아라. 무엇이 정녕 즐거운가를 물어 보고, 즐겁다고 생각되는 것을 하면 좋다. 가끔씩 무슨 일에나 손을 대는 사람이 있는데, 그런 사람은 아무런 기쁨도 느낄 수 없다. 진지하게 자신의 일에 몰두하여 그것에서 기쁨을 느낄 수 있는 사람만이 놀이에서도 기쁨을 느낄 수가 있는 것이다. 그런 의미에서 볼 때, 아테네의 정치가 알키비아데스Alkibiades는 합격이었다고 생각한다. 그는 분명히 뻔뻔스러운 온갖 방탕한 짓을 많이 했지만, 철학이나 일 등에도 정확하게 시간을 할애 하였다. 줄리어스 시저 역시 일과 놀이에 고르게 관심을 가짐으로써 상승효과까지 불러 일으켰다. 그는 결국 삶을 실속 있게 산 사람으로 알려져 있다. 실제로 로마에 사는 수많은 여성들과 불륜의 간통 상대자였다고 소문이 났던 그였지만, 학자로서의 지위를 훌륭하게 쌓았으며 웅변가로서도 초일류였고, 또한 지도자로서의 실력에 있어서는 로마에서 제일인자라고까지 일컬어지지 않았는가! 따라서 무턱대고 놀기만 하는 삶은 옳지 않을뿐더러 아무런 재미도 없다. 날마다 열심히 일을 하였기 때문에 마음도 몸도 놀이를 진지하게 즐길 수 있는 것이다.

살이 통통하게 찐 대식가나, 창백한 얼굴을 한 주정뱅이나, 혈색이 나쁜 호색가는 자신이 하고 있는 짓을 진심으로 즐기고 있지는 못할 것이다. 이런 사람들은 거짓 신에게 자기의 정신과 육체를 바치고 있는 것이나 조금도 다를 바가 없다. 대개 지적 수준이 낮은 생활을 하고 있는 사람은 쾌락만을 추구하고, 품위가 없는 놀이에 몸을 망치는 일이 많다.

한편, 지적 수준이 높은 생활을 하고 있는 사람들, 이를테면 좋은 친구들에게 둘러싸인 사람들은 보다 자연스런 놀이, 다시 말해 세련되고 위험이 적은, 그리고 최소한 품위를 지키는 놀이에서 즐거움을 찾고 있을 것이다. 무엇보다도 양식이 있는 훌륭한 사람은 놀이 자체가 목적이 되어서는 안 된다는 것을 알고 있으며, 또 놀이를 목적으로 삼지는 않는다. 그러므로 그들은 알고 있다. 놀이라는 것은 단지 편안히 쉬는 일이며, 일에 대한 포상에 불과하다는 것을 말이다.

2. 오전에는 책에서, 오후에는 사람에게서 배워라.

일과 놀이는 분명하게 시간을 나누어 두는 것이 좋다. 공부나 일, 지식인이나 명사와 함께 앉아 차분하게 이야기하지 않으면 안 되는 대화 등은 아침 무렵이 좋을 것이다. 그러나 일단 저녁 식탁에 앉게 되면 그 후는 편안한 휴식 시간이다. 특별히 긴급을 요하는 일이 없는 한 좋아하는 것을 하여 즐겨도 괜찮다. 마음이 맞는 친구 들과 카드놀이를 하는 것도 좋다. 절도 있는 사람들이 상대라면 화목하고 즐거운 놀이를 할 수 있을 것이다. 설령 잘못되어 그것이 다툼으로 이어지는 일은 없을 것이다.

연극 관람 또는 음악회도 좋다. 춤도 식사도 다정한 친구와 웃으며 이야기해도 좋다. 틀림없이 만족스러운 저녁을 보낼 수 있을 것이다. 물론 매력적인 여성들을 보고 깊은 한숨을 쉬며 뜨거운 시선을 보내는 것도 좋다. 다만 상대가 너의 품위를 떨어뜨릴 것 같은, 앞으로 너를 파멸로 이끄는 인물이 아니기를 바랄 뿐이다. 상대가 너에게 호감을 보이는가 그렇지 않는가는 너의 수완 여부에 달려 있으니, 기대를 걸어 보라고 말하고 싶다.

지금 앞에서 말한 여러 가지 것들이 진정 분별 있는 사람, 정말로 놀이를 알고 있는 사람만이 즐기는 방법이다. 이와 같이 오전은 공부, 저녁식사 후에 노는 것으로 시간을 구분하여 놓고 실천한다면 너도 훌륭한 사회인으로서 인정을 받을 수 있을 것이다.

오전 중에는 마음을 집중해서 차분하게 공부하기를 계속해라. 그럼 일 년 후에는 상당한 지식을 얻을 수 있을 것이다. 또한 저녁때 친구와의 교제도 또 다른 지식, 즉 세상에 대한 지식을 얻게 될 것이다. 오전에는 책으로부터 배우고, 저녁에는 사람에게서 배우도록 해라. 이것을 실천하자면 더 이상 한가하게 보낼 시간은 없을 것이다.

나 역시 젊었을 때는 정말 잘 놀았고 여러 분야의 사람들과도 자주 어울렸다. 나만큼 그러한 일에 시간과 노력을 아끼지 않은 사람도 드물 것이라고 생각한다. 물론 때로는 지나친 경우도 있었다. 그렇지만 어떻게든 공부하는 시간만은 만들었다. 도저히 그럴 시간을 낼 수 없을 때는 잠자는 시간을 줄였다. 그리고 전날 밤에 아무리 늦게 잤더라도 새벽에 일찍 일어나 그 시간을 보충하여 지켜나갔다. 병이 났을 때를 제외하고는 벌써 40년 이상이나 이 습관을 계속하고 있다. 너도 이제 내가 노는 짓은 결코 안 된다고 말하는 완고한 아버지가 아니라는 점을 알게 되었으리라고 믿는다. 너에게 나와 똑같은 생각을 가지라고 나는 강요하지는 않겠다. 그런 면에서는 아버지보다는 친구로서 충고한 것 같은 느낌이 드는구나.

제3부 오늘에 충실 하는 일은 성공적인 삶의 지름길이다

제4장
한 가지 일에 모든 힘을 기울여라

1. 그 어떤 일에도 만족감과 자부심을 가져라.

얼마 전에 하트 씨로부터 네가 잘 해 나가고 있다는 내용의 편지를 받았다. 내가 얼마나 기뻐했는지 알겠느냐? 그렇지만 만약 당사자인 네가 나의 절반만큼도 만족감이나 기쁨을 느끼지 못하고 있다면, 나는 어찌할 바를 모르게 될 것이다. 왜냐하면 나는 만족감이나 자부심이 있어야만 비로소 스스로 공부에 열중할 수가 있다고 믿기 때문이다.

하트 씨에 의하면 너는 열심히 공부하고 있다는구나. 공부하는 자세도 잡혀있고 이해력도 넓어졌으며, 그에 따라서 응용력도 생겼다는구나. 거기까지 갔으면 지금부터는 공부하기가 한결 즐거워질 것이다. 그리고 그 즐거움도 노력하면 한 만큼 더 늘어갈 것이다.

2. 일을 할 때에는 한 번에 한 가지씩 하여라.

내가 네게 언제나 귀가 따가울 정도로 당부하고 있는 일이기에 너도 이미 잘 알고 있겠지만, 무슨 일을 할 때는 그것이 어떠한 일이든, 오직 그 일에만 집중하는 것이 무엇보다 중요하다. 그 이외의 다른 일을 생각해서는 안 된다.

이 말은 설령 공부에만 한정해서가 아니다. 노는 것도 마찬가지다. 노는 것도 공부와 마찬가지로 집중하여 열심히 하기 바란다. 어느 쪽도 열심히 하지 않는 사람은 어느 쪽도 발전하지 못할 뿐만 아니라, 어느 쪽에서도 만족감을 얻지 못할 것이다. 그때그때의 대상물에 마음을 집중시킬 수 없는 사람이나 집중시키지 않는 사람, 그 이외의 일을 머릿속에서 떨쳐 버리지 못하는 사람이나 떨쳐 버리지 않는 사람, 그런 사람은 일도 제대로 할 수 없을 것이고, 노는 것도 능숙하지 못할 것이다.

어떤 파티나 회식이 벌어진 자리에서 누군가가 머릿속에서 기하학의 유클리드 문제를 풀려 하고 있다고 상상해 보아라. 그런 사람은 함께 있어도 즐겁지 않을 것이며, 또 사람들 가운데서 유별나게 안쓰러워 보일 것이다. 또는 서재에서 어떤 문제를 풀려고 열중하고 있는데, 배웠던 음악이 갑자기 떠올라서 견딜 수 없는 사람의 경우를 생각해 보아라. 아마도 그 사람은 훌륭한 수학자가 될 수 없을 것이다.

법률 고문이었던 고(故) 드위트 씨는 나라 일을 혼자 떠맡다시피 했음에도 불구하고 그것을 잘 처리한 뒤에, 저녁의 모임에도 얼굴을 내밀고, 여러 사람들과 함께 식사를 할 시간도 충분히 있었다고 한다.

　한번은 어떤 사람으로부터,

　"그렇게 많은 일을 처리한 뒤에도 저녁마다 놀러 나갈 틈이 있다니, 도대체 어떤 식으로 시간을 사용하고 있습니까?"

　라는 질문을 받은 드위트 씨는 이렇게 대답했다고 한다.

　"별로 어려운 방법은 아닙니다. 한 번에 한 가지 일만 할 뿐입니다. 그리고 오늘 할 수 있는 일은 절대로 내일까지 미루지 않습니다. 나의 시간 사용법은 오직 그것뿐입니다."

　다른 일에 정신을 빼앗기지 않고 오직 한 가지 일에 확실히 집중할 수 있는 드위트 씨의 힘은 대단한 것이라고 생각한다. 이런 일을 할 수 있다는 것이야말로 천재라는 확실한 증거가 아니겠느냐? 반대로 말하자면 침착성이 없이 들떠 있어 정신을 집중시키지 못하는 것은 보잘것없는 인간이라는 증거다.

3. 날마다 '오늘은 이만큼 일했다'라고 말할 수 있는가?

세상에는 하루 종일 바쁘게 움직였는데 잠자리에서 생각해 보니 아무것도 한 일이 없었다고 말하는 사람들이 많이 있다. 이런 사람들은 두세 시간 동안 독서를 해도 눈동자만 활자를 쫓아가고 있을 뿐, 머릿속에는 아무것도 들어오지 않는 경우가 많다. 그래서 나중에 무엇을 읽었는지 생각해 보아도 아무것도 기억나는 것이 없고, 또한 내용을 논할 수도 없다. 더욱이 누군가 만나서 이야기를 주고받을 때도 마찬가지여서 자기 스스로 적극적으로 대화에 참여하려고 하지 않는다. 그리고 말하고 있는 상대편을 관찰하는 일도 없고, 대화의 내용을 정확히 파악하는 일도 없다. 그들은 그 자리에서 관계없는 일, 또한 그것도 쓸데없는 일을 머리에 떠올리고 있는 것이다. 아니, 전혀 아무것도 생각하고 있지 않다고 말하는 편이 더 정확할지 모르겠다. 그리고 그 상황을,

"아니 지금 잠시 깜박 했네."

라든가,

"그만 다른 일에 정신을 빼앗기고 있어서……"

등의 말로 얼버무려 체면을 가까스로 유지시킨다. 이런 사람은 극장에 가도 제일 중요한 내용은 보지 않고, 주위에 있는 사람들이나 조명에만 눈을 빼앗겨 버린다. 너는 이러한 일이 없도록 조심해라. 사람과 만나 이야기를 나누고 있을

때도 공부하고 있을 때와 똑같이 정신을 집중해 주기 바란다. 공부할 때는 읽고 있는 책에 주의를 집중하고, 그 내용을 잘 파악해야 한다. 그리고 사람과 만나고 있을 때에도 보는 것 듣는 것 모두에 주의를 집중해야 한다. 흔히 어리석은 사람들은 자기의 눈앞에서 들은 말과 일어난 일에 주의를 기울이지 않고 있다가,

"다른 일을 생각하느라고 그만 알아듣지 못 했습니다."

라고 한다. 이런 식으로 말해서는 절대로 안 된다. 무엇 때문에 다른 일을 생각한단 말인가! 이 사람들은 결코 다른 일도 생각하고 있지 않았다. 머리가 텅텅 비어 있었을 뿐이다. 또한 이런 사람은 노는 일에도 마음을 쏟지 못하고, 일에도 마찬가지일 뿐이다. 마음이 산만해져서 일을 할 수 없으면 놀기라도 하면 좋을 텐데, 그것도 하지 않는다.

이와 반대로, 놀면서도 놀이에 마음이 모아지지 않으면 일을 하면 좋겠지만 그것도 하지 않는다. 이런 사람은 노는 친구와 함께 있으면 자기도 놀고 있는 것으로 착각하며, 해야 할 일이 있으면 그것만으로 자기는 일을 하고 있다고 착각한다. 어차피 어떤 일이든 시작하려면 열심히 해야 한다. 어중간하게 시작하려면 하지 않는 편이 훨씬 낫다. 여기서 중요한 것은 자기가 하고 있는 일에 마음을 집중하는 일이다. 모든 일은 할 가치가 있는지 없는지 간에 눈과 귀를 똑바로 집중시켜야 한다. 다른 사람이 말하는 것을 단 한 마디도 놓치지 않고 들으며, 눈앞에서 일어나고 있는 일은 하나

도 빠짐없이 정확하게 살핀다는 마음가짐이 중요하다. 아무튼 호라티우스Quintus Horatius의 작품을 읽고 있을 때는 그 내용이 옳은지 어떤지를 생각하면서 읽고, 그 멋진 문장이나 시의 아름다움을 충분히 맛보도록 해야 한다. 결코 다른 작품에 마음을 빼앗겨서는 안 된다. 또한 그러한 책을 읽고 있을 때는 다른 사람의 일을 생각해도 안 되고, 다른 사람과 대화를 나누고 있을 때는 책을 생각해서는 안 됨을 명심해야 한다.

제5장
슬기롭게 금전 사용법을 익혀라

1. 지혜로운 사람은 돈과 시간을 헛되게 쓰지 않는다.

이제 너도 서서히 어른이 되어 가고 있다. 마침 좋은 기회라고 생각되므로 네가 쓸 돈의 씀씀이와 내가 앞으로 너에게 어떻게 돈을 보낼 계획인가를 설명해 두기로 하겠다. 이렇게 하면 너도 내 계획을 참고로 해서 계획을 세우기가 쉬워질 것이라 믿는다.

첫째, 나는 공부에 필요한 비용이나, 사람과의 교제에 필요한 돈은 단 한 푼이라도 아끼려는 마음이 없다. 여기서 공부에 필요한 비용이란, 필요한 책을 사는 돈과 훌륭한 선생에게 배울 돈을 말한다. 또한 여기에는 여행을 떠나 거기서 훌륭한 사람들과 교제하기 위한 비용뿐만 아니라 숙박비, 교통비, 의류비, 사용인의 고용비 등도 포함될 것이다.

둘째, 사람들과의 교제를 하는 데 필요한 돈이라 함은, 물론 정적인 교제에 필요하다는 뜻이다. 예를 들면 불쌍한 사람들을 위한 자선 비용이 여기에 해당될 수도 있을 것이다. 신세를 진 분들에 대한 답례나, 앞으로 신세를 지게 될 분에 대한 선물에 드는 비용도 마찬가지이다. 교제하는 상대에 따라 필요하게 되는 비용이란, 어떤 것을 관람하러 가는 비용이나 놀이의 비용 및 사격 등의 게임에 드는 비용, 그 밖에 돌발적인 사태에 드는 비용 등일 것이다.

내가 결코 용납하지 않는 돈은 시시한 싸움을 해서 필요하게 된 돈과, 게으르게 빈둥빈둥 시간을 보내기 위해 허비되는 돈을 말한다. 현명한 사람은 자기의 명예를 손상시키거나 자기에게 도움이 되지 않는 돈은 결코 쓰지 않는다. 그러한 돈을 쓰는 인간은 어리석은 인간들 뿐이다. 지혜로운 사람은 돈도 시간과 마찬가지로 헛되게 쓰지 않는다. 단돈 한 푼도, 단 일 분의 시간도 헛되게 쓰지 않는다. 자신이나 다른 사람들을 위해 도움이 되는 것, 지적인 기쁨을 얻을 수 있는 것에 돈을 쓸 뿐이다. 하지만 어리석은 인간은 다르다. 어리석은 인간은 필요치 않을 때 돈을 쓰지만, 필요할 때에는 돈을 쓰지 않는다. 예를 들면 상점 앞에 진열되어 있는 잡동사니가 바로 그렇다. 담뱃갑이나 시계 및 지팡이의 손잡이 같은 시시한 물건들의 마력에 사로잡히게 되면 파멸의 길을 걷게 된다. 그런 것은 상점 주인이나 점원도 잘 알고 있기 때문에, 서로 짜고 어리석은 인간을 속이려고 하므로, 정신을 차렸을 때는 이미 자기 주위는 온통 잡동사니로 가득 차 있다. 정녕 필요한 것, 마음의 평안을 주는 것은 아무것도 없는 상태가 되어 있다.

2. 슬기로운 금전 철학을 일찍부터 익혀 두어라.

돈이라는 것은 아무리 많이 있어도 자기 나름대로 확고한 금전 철학을 가지고 동시에 세심한 주의를 기울여서 쓰지 않으면, 최소한의 필요한 물건조차도 살 수 없게 되어 버리기가 쉽다. 이와 반대로, 비록 아주 적은 돈밖에 없어도 자기 나름대로의 금전 철학을 가지고 신중히 쓰면, 최소한의 필요한 물건은 살 수 있다.

다음으로 돈의 지불 방법을 말해 보면, 가능한 한 현금으로 지불하는 것이 좋다. 그것도 고용인을 통해서가 아니라, 자기가 직접 지불하는 것이 좋다. 왜냐하면 고용인은 수수료나 사례금 같은 것을 요구하기 쉽기 때문이다. 어쩔 수 없는 사정으로 '외상'으로 달아 두었다가 지불해야 할 경우는 매월 반드시 자기 손으로 직접 지불하도록 하는 것이 바람직하다. 여기서 유념할 것은, 물건을 살 때 꼭 필요하지도 않은데 그저 값이 싸다는 이유만으로 사는 일이 없도록 해라. 그런 짓은 절약도 아무것도 아니다. 오히려 돈의 낭비일 뿐이다. 이와는 반대로 필요하지도 않은데 값이 비싸다는 이유만으로, 즉 자존심을 만족시키기 위하여 물건을 사는 것도 좋지 않는 일이다. 그리고 자기가 산 물건과 지불한 대금은 반드시 노트에 기록하도록 해라. 돈의 출납을 파악하고 있으면 결코 파탄하는 일은 없다. 그렇다고 해서 교통비라든가 오페라를 보러 가서 사용한 푼돈까지 기록할 필요는 없다. 이는 시간의 낭비일 뿐만 아니라 잉크 값이 아깝다. 그런 세밀한 일은 따분한 수전노에게나 맡겨 두면 좋다.

충고는 비단 가계부에 국한된 것은 아니고 모든 일에 대해서 말할 수 있는 일이지만, 관심을 가질 가치가 있는 것에만 관심을 갖는 것이 중요함을 강조하고 있는 것이다. 다시 말해 쓸데없는 것에 관심을 기울일 필요는 없는 것이다.

3. 정녕코 중요한 것은 모두 손이 닿는 곳에 있다.

일반적으로 현명한 사람은 사물을 실물 크기로 파악할 수가 있는 법이다. 하지만 어리석은 사람은 그것이 불가능하다. 왜냐하면 마치 현미경으로 들여다보고 있는 것처럼 어떤 사물이든 크게 보이기 때문이다. 그래서 벼룩도 코끼리로 보일 때가 있다. 그런데 작은 것이 크게 보일 뿐이라면 그래도 괜찮다. 최악의 경우는 큰 것이 너무 지나치게 확대되어서 아예 보이지 않게 되어 버리는 일이다. 고작 몇 푼 안 되는 돈을 인색하게 아껴, 싸움까지 벌이는 사람이 그 가장 심한 경우이다. 그 때문에 수전노라고 불리고 있다는 점을 깨닫지 못한다. 이런 사람은 자기 자신에 대해서도 옳지 못한 일을 저지르고 있다. 다시 말해 수입 이상의 생활을 원함으로써, 자기 손이 미치는 범위 안에 있는 '소중한 것'을 보지 못하고 있는 것이다.

내 말에 오해를 하지 말고 가슴 깊이 새겨 두도록 해라. 무슨 일이든 '분수에 맞게'라는 말이 있다. 건전하고 고귀한 영혼을 가진 사람은 어디까지가 자기 손이 미치는 범위이고, 어디서부터가 손이 미치지 않는 범위인지 알고 있다. 하지만 그 경계선은 너무나 가늘어서, 분별 있는 사람이 눈을 부릅 뜨고 찾으면 어떻게든 발견할 수 있지만, 분별없는 인간의 눈에는 좀처럼 보이지 않는 법이다.

나는 너에게도 자기의 손이 닿는 범위와 닿지 않는 범위를 알 수 있을 정도의 분별은 있다고 믿는다. 항상 그 경계선에 유의하기 바란다. 그리고 그 위를 능숙하게 잘 걸어가기 바란다. 혼자서 걸을 수 있게 될 때까지는 하트 씨에게 부탁을 드려 잘 인도해 달라고 하면 좋을 것이다. 정말로 줄타기를 능숙하게 하는 사람은 있어도 경계선이라는 이름의 선 위를 능숙하게 탈 수 있는 사람은 좀처럼 없는 법이다. 그렇기 때문에 능숙하게 선을 타는 사람은 크게 빛나고 있음을 알아야 한다.

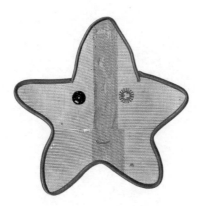

제4부

자기의 바탕이 굳어지기 전에
해 두어야 할 일

제1장
젊었을 때 역사에 관심을 갖는 일이 왜 중요한가

1. 역사의 진실 규명에는 한계가 있음을 알라.

내가 보건대, 프랑스의 역사에 대한 너의 고찰은 참으로 핵심을 찌른 것이었다. 무엇보다도 내가 기뻤던 점은, 네가 독서를 할 때 내용만을 파악하는 데 그치지 않고, 그 내용에 대해서 깊이 사고하고 있다는 점을 알았기 때문이다.

독서를 해도 자기 스스로 판단을 하지 않고, 그저 막연히 써진 내용을 머릿속에 집어넣기만 하는 사람들이 많다. 그렇게 하면 그저 무턱대고 정보만 쌓여질 뿐, 머릿속은 잡동사니를 채우는 창고처럼 너저분하게 되어 버린다. 그러므로 잘 정돈된 방처럼 필요한 지식을 필요할 때 바로 꺼낼 수가 없게 된다. 지금 너는 네가 하고 있는 그런 독서법으로 계속해 나가 주기 바란다. 단순히 저자의 이름만 보고 책 내용을 그대로 받아들이지 말고 거기에 씌어 있는 내용이 얼마나 정확한가, 저자의 고찰이 얼마나 정당한가를 너의 머리로 똑바로 판단해 주기 바란다. 또한 어떤 한 역사적인 사실에 대해서는 몇 권의 책을 조사하여, 거기에서 얻어낸 정보를 종합해서 자신의 견해를 갖도록 하는 것이 좋다. 우리가 공부하고 있는 역사의 한계는 기껏해야 거기까지가 손이 닿는 범위라고 나는 생각하고 있다. 왜냐하면 유감스럽게도 '역사적 진실'을 명확하게 밝혀낸다는 것은 사실 불가능한 일이기 때문이다.

2. 정복자 시저가 살해당해야만 했던
   진정한 이유는 무엇인가?

　역사책을 읽고 있노라면 역사적 사건의 동기나 원인에 대해 기록되어 있는 경우가 있는데, 그것을 그대로 믿어서는 안 된다. 이를테면 그 사건에 관련된 인물의 사고방식이나 이해관계를 고려해 본 다음, 저자의 고찰이 정당한지 그 밖에 가능성이 더 큰 동기는 있는지, 스스로 생각해 보는 일이 무엇보다 중요하다. 그것이 그 때 비록 비굴한 동기나 자질구레한 원인이라 할지라도 이를 무시해서는 안 된다. 왜냐하면 인간이란 복잡하면서도 모순투성이의 생명체이기 때문이다. 이것의 감정은 격렬하게 변하기 쉽고 의지는 허약하며, 마음은 몸의 건강 상태에 따라서 좌우되기 쉬운 것이다. 따라서 인간은 한결같은 것이 아니라, 그날그날에 따라 수시로 변하는 것이다. 아무리 뛰어난 인간이라도 볼품없는 구석이 있고, 보잘것없는 인간이라도 어딘가에 장점이 있어 엉뚱하게 훌륭한 일을 해낼 때도 있다. 그것이 바로 인간인 것이다. 그런데 역사적 사건의 원인을 밝힐 경우, 흔히 우리는 보다 더 고상한 동기를 찾으려고 하는 경향이 있다. 그러나 진정한 원인이란, 예컨대 루터의 종교 개혁이라면 루터Luther의 금전욕이 좌절당한 것이 원인이었다는 정도의 일인지도 모르는 것이다. 그럼에도 불구하고 역사의 대가라고 자기 스스로 자처하는 사람들은 역사적인 대사건뿐만 아니라, 사소한 사건에까지 깊은 정치적인 동기를 적용시켜 버린다. 정녕 이것은 가소로운 일이다. 다시 말해서 인간이란 모순투성이인 존재이다. 항상 인간적으로 자기의 우수한 부분만으로 그 행동이 좌우되는 것은 아니다. 현명한 인간이 어리석은 행동을 하는 경우도 있고, 어리석은 인간이 현명한 일을 하는 경우도 있다. 모순된 감정에 사로잡혀 있으므로, 그것이 돌아가며 바뀌는 것이 인간이다. 즉, 그날그날의 몸의 건강 상태와 정신 상태에 따라 바뀌는 것이 인간인 것이다. 그런데도 '가장 가능성이 많은 동기 때문이니까'라든가, 또는 '매듭짓기가 좋은 동기이니까'라고 하며, 고상한 동기를 갖다 붙이려는 것은 잘못된 생각인 것이다.

몸에 좋은 식사를 하고 편히 잠 잘 자고 상쾌한 아침을 맞이하였다는 이유만으로 영웅적인 활동을 하는 남자가, 소화가 안 되는 식사를 하고 편히 자지 못하고 거기에다가 이튿날 아침에는 비가 왔다는 이유만으로 아주 쉽게 겁쟁이로 변해 버리는 경우도 있는 것이다. 따라서 인간 행위의 참된 실체는 아무리 규명하려고 해도 추측의 한계를 벗어나기는 어렵다고 생각한다. 고작 이러저러한 사건이 있었다고 하는 것만이 어렴풋하게나마 우리들이 알 수 있는 것이요, 안 것 같은 기분이 될 수 있는 것이다.

시저Caesar는 23인의 음모에 의해 살해당했다. 이 점은 의심할 여지가 없다. 하지만 이 23인의 음모자들이 과연 진정으로 자유를 사랑하고 로마를 사랑했기 때문에 시저를 죽여야만 했을까? 과연 그것만이 원인일까? 적어도 그것이 주요한 원인일까? 진상이 만약 밝혀지는 일이 있다면, 사건의 주모자인 브루투스Brutus의 시저에 대한 자존심이나 시기심, 원망 및 실망 따위의 다른 여러 가지 사적인 동기가 원인으로 작용했을 것이리라. 또는 그러한 동기가 약간은 포함이 되지는 않았을까?

3. 역사는 올바른 판단력과 분석력을 길러준다.

회의적인 판단에서는 역사적인 사실 그 자체까지 의심스럽게 생각되는 경우가 흔히 있다. 최소한 그 사실과 결부되어 있는 배경에 대해서는 거의 의심스러운 눈으로 보고 있다. 날마다 자기가 경험하는 것을 돌이켜보면 좋다. 역사라고 하는 것이 얼마나 신빙성이 희박한 것인가를 쉽게 알 수 있을 것이다. 최근에 일어난 사건에 대해서 몇 사람인가가 증언을 할 경우, 과연 그들이 하는 말들은 완전히 서로 일치하는가? 물론 틀릴 것이다. 잘못 생각하고 있는 사람도 있고, 증언할 때 말과 행동이 달라지는 사람도 있다. 그 중에는 자기의 의견을 정확하게 증언을 하는 사람도 있고, 마음이 변해 사실을 왜곡시켜 말하는 사람도 있다. 그리고 증언을 기록하는 서기들도 반드시 공정하게 기록할 것이라고 믿을 수가 없다. 그런 의미에서 보면 역사학자라고 해서 공정하게 역사를 기록했는지 어땠는지 의심스럽다. 학자에 따라서는 자기 자신의 지론을 처음부터 끝까지 전개하고 싶어 하는지도 모르고, 빨리 그 장을 끝내고 싶어 하는지도 모른다. 정말 재미있는 사실은 프랑스 역사책의 각 장 첫머리에는 '이것은 진실이다.'라는 말이 반드시 들어 있다는 점이다. 그러므로 역사학자의 이름만으로 무엇이든지 옳다고 생각하지 않는 것이 좋다. 자기 스스로 분석하고, 자기 스스로 판단하는 능력을 기르는 것이 중요하다. 그렇다고 해서 나는 역사를 공부할 필요가 없다고 말하는 것은 아니다. 만인이 인정하는 역사적 사실이라는 것은 엄연히 존재하며, 그러한 것들은 알아두는 것이 좋다.

예를 들면 시저의 망령이 브루투스 앞에 나타났다고 여기저기에 기록하고 있는 학자들이 있다. 나는 그런 이야기는 전혀 믿지 않고 있다. 그렇지만 그런 말들이 화제에 오르고 있다는 사실을 전혀 모른다는 것은 너무나도 부끄러운 일이다. 이 밖에도 역사학자가 그렇게 기술했다는 이유 때문에, 어느 누구도 믿지 않고 있는 일을 당연한 일처럼 화제에 올리거나, 책에도 기록되는 일들이 있다. 그렇게 해서 뿌리 내린 것이 이교도 신학이다. 또한 주피터, 마르스, 아폴로 등 고대 그리스 신들도 마찬가지이다. 우리는 그들이 만약 신이 아닌 실존했던 인물이었다고 해도 보통의 인간이었다고 생각할 뿐이다.

이와 같이 역사를 보는 시각이 회의적인 감정이라 하더라도, 하나의 상식화한 것들은 제대로 공부할 필요가 있다. 아니, 오히려 역사는 인간이 사회를 살아가는 데 있어 그 어떤 학문보다도 필요한 것인지도 모른다.

4. 과거의 잣대로 현재를 재지 말라.

너는, 단정적으로 과거에도 그랬으니까 현재도 그렇다고 말해서는 안 된다. 과거의 예를 들어 현재의 문제를 검토하는 것은 좋지만, 그렇게 하려면 무엇보다 신중을 기하지 않으면 안 된다. 아무리 발버둥 쳐 보아도 과거 사건의 진상은 알 도리가 없다. 기껏해야 추측해 보는 것이 고작이다. 무엇이 원인이 되었는가, 등은 알 도리가 없다. 먼저 과거의 증언은 현재의 증언에 비하면 더더욱 애매한 법이다. 그뿐만 아니라, 시대가 오래 되면 될수록 신빙성도 희박해지는 것을 면할 수 없다.

위대한 사학자들 가운데에는 공사를 불문하고 비슷하다는 이유만으로 아무 거리낌 없이 과거의 사례를 인용하는 사람이 있다. 이것은 어리석은 짓이다. 그들은 생각해 본 적도 없겠지만, 천지가 창조된 이래 이 세상에는 똑같은 사건이 일어난 예가 한 번도 없는 것이다. 어떠한 역사가라 하더

라도 사건의 전모를 파악하거나 기록한 역사학자는 한 사람
도 없었다. 그것을 근거로 한 논쟁 따위는 무의미한 것일 뿐
이다. 그렇기에 지나가 버린 사례들을 인용할 때 옛 학자가
기록하였으니까, 시인이 썼으니까 하는 이유만으로 인용해
서는 안 된다. 사물은 하나하나가 서로 다르므로 개별적으로
논해야 한다. 비슷하다고 생각되는 예를 참고로 하는 것은
좋지만, 어디까지나 참고로 그쳐야지 그것을 판단의 근거로
삼아서는 안 되는 것이다.

제4부 자기의 바탕이 굳어지기 전에 해 두어야 할 일

제2장
역사로부터 나는 많은 것들을 배웠다

1. 역사 공부를 어떻게 해야 잘 할 수 있을까?

나는 지금까지 역사에 대해 여러 가지로 말했지만, 지나간 역사를 공부하는 것은 참으로 중요하단다. 보통 사람들이 알고 있는 것은 신용할 수 있는 역사학자의 책을 읽고 공부하는 것이 좋다. 그것이 옳든 옳지 못하든 간에 일단 지식으로서 알아두는 것이 중요하다. 여기서 역사의 공부 방법이 문제인데, 너는 어떻게 공부하고 있느냐?

시간과 노력을 절약하기 위해서는 역사적인 대사건을 중심으로 공부하고, 나머지 것들은 대충 훑어보는 식의 융통성 있는 방법도 있으며, 그 밖에 어떤 내용이나 똑같은 정도로 힘을 기울여 모조리 기억하려고 하는 방법도 있단다. 하지만 나는 다른 방법을 권하고 싶다. 먼저 국가별로 간단한 역사

책을 읽어, 대략적인 개요를 파악한다. 그와 병행하여 특히 중요한 요점, 예컨대 누가 어디를 정복했다든가, 왕이 바뀌었다든가, 정치 형태가 바뀌었다는 등 중요하다고 생각되는 부분들을 뽑아낸다. 그리하여 뽑아 낸 사항들에 대해서 상세히 기록된 논문이나 책들을 읽고 철저히 공부한다. 그럴 때는 스스로 깊이 통찰하는 것이 중요하다. 원인들을 찾아내서 그것이 어떤 일을 일으켰는가를 생각하는 것도 참으로 중요하단다.

2. 책에서, 그리고 사람에게서 배워라.

내가 보건대 프랑스의 역사에 대해서는 약간 짧지만 너무나 잘 써진 르 장드르의 역사서가 좋다. 그 책을 정확히 읽으면 프랑스 역사를 어느 정도 알게 될 것이다. 그런 뒤에 역사적인 중요한 요점을 알게 되면 이번에는 메레제이의 역사서가 도움이 될 것이다. 그 밖에도 하나하나의 시대와 사건에 대해서 상세히 기술하고 있는 역사서나, 정치적인 시각에서 써진 논문 등 참고가 되는 자료들은 얼마든지 있다.

근대사에 대해서 말하자면, 필립 드 코미느의 회고록을 비롯하여, 루이 14세 시대에 써진 역사서들이 많이 나와 있다. 네가 적당하게 선택하여 읽으면 한 시대와 사건에 대해서 입체적으로 알 수 있을 것이다. 그 외에도 프랑스에서 각 계각층의 사람들과 이야기할 기회가 주어졌을 때, 만약 역사와 같은 딱딱한 이야기를 능란하게 화제에 올릴 만한 재주가 있다면, 그것을 시도해 보는 것도 한 가지 방법이라 생각된다. 설령 역사에 관심이 적은 사람이라도 자기 나라의 역사를 전혀 모른다고는 말하지 않을 것이며, 조금은 무엇인가를 알고 있을 것이다.

이와 같은 의미에서 볼 때 프랑스의 여성들은 평소에도 그런 종류의 책을 많이 읽고 있으므로 그녀들과 대화를 나누면 틀림없이 참고가 될 것이다. 그렇게 해서 현지에서 얻은 지식은 책에서는 얻을 수 없는 것을 기대 이상으로 제공해 줄 것이라 믿는다.

제3장
인생의 지혜를 얻는 독서 습관

1. 세상은 한 권의 책과 같다.

마치 세상은 한 권의 책과 같다. 내가 지금 너에게 권하고 싶은 것은 바로 이 세상이라는 책이다. 이 세상이라는 책에서 얻을 수 있는 지식은 지금까지 출판된 책 전부를 합친 지식보다 훨씬 더 많은 도움을 준다. 따라서 훌륭한 사람들의 모임이 있을 때에는 지금 보고 있는 책이 제아무리 훌륭한 책이라도 덮어두고 그 모임부터 참석하는 것이 좋다. 그렇게 하는 편이 몇 배나 더 큰 공부가 된단다. 하지만 온갖 일이나 오락 등으로 떠들썩한 가운데 살아가고 있는 우리들이라도, 하루 생활 속에서 잠깐 숨을 돌리는 자유로운 시간이 조금은 있는 법이다. 그리고 그러한 시간에 책을 읽는 일이야말로 더 할 수 없는 큰 안식과 기쁨이라고 말할 수 있다.

2. 요점을 잘 지키면 독서는 하루 30분으로도 충분하다.

독서를 시작할 때는 목적을 하나로 집중시켜, 그 목적을 달성할 때까지는 다른 분야의 책은 손을 대지 말아야 한다. 너의 장래를 생각한다면, 예를 들어 현대사 중에서도 특히 중요하다고 관심을 끄는 시대를 몇 개 뽑아내어 그것을 순서대로 망라해 가는 방법은 어떻겠느냐?

우선 웨스트팔리아Westphalia조약에 초점을 맞추었다고 한다면 그것에 관련된 책 이외에는 일체 손을 대지 말고 믿을 수 있는 역사서나 문서·회고록 등을 순차적으로 읽고 비교하면 좋다.

결코 이런 독서법을 연구하기 위하여 몇 시간이나 소비하라고 말하는 것은 아니다. 다른 방법으로 좀 더 자유로운 시간을 유효하게 사용할 수 있으면 그것 또한 좋다. 다만 같은 독서를 할 바에야 한꺼번에 몇 가지 테마를 추구하기보다는 한 가지로 압축해서 체계적으로 공부하는 쪽이 능률적이라고 생각한다. 그런데 여러 가지 책을 읽다 보면 내용이 상반되거나 모순되는 경우도 있을 것이다. 그럴 때는 다른 책을 참고해 보면 좋다. 그 방법은 문제의 핵심을 벗어났다고 보지 않는다. 그것은 그렇게 함으로써 오히려 기억이 선명해지기 때문이다. 예를 들면 무엇인가를 알기는 알아야겠는데 책을 읽어도 전혀 머릿속에 들어오지 않을 때가 있을 것이다.

그렇지만 같은 책이라도 정치가들끼리 화제가 되거나 논쟁의 대상이 될 때, 그 책이나 그에 관련된 책을 읽거나, 또는 다른 사람들로부터 이야기를 듣거나 하면, 책만으로는 입체적으로 파악하지 못했던 일들이 저절로 머릿속에 속속 들어오는 수가 있다. 그렇게 해서 얻은 지식은 뜻밖에도 완벽한 법이다. 그리고 좀처럼 잊어버리지 않을 것이다. 직접 사건이 일어난 현장으로 찾아가서 이야기를 듣고 오는 것도 그런 의미에서는 바람직한 일이다. 네가 사회인이 된 다음에 독서하는 방법에 대해서는 다음 몇 가지로 요약해 주겠다.

첫째, 네가 사회에 첫걸음을 한 지금, 많은 책을 읽을 필요는 없다. 그보다는 여러 계층의 사람들과 이야기를 나눔으로써 정보를 수집하는 편이 유익하다.

둘째, 직접적인 도움이 되지 않는 책은 더 이상 읽지 말라.

셋째, 한 가지 주제를 정한 다음, 그에 관련된 책을 체계적이고 집중적으로 읽어라. 위에서 말한 대로만 요점을 지키면 하루에 30분의 독서로도 충분하단다.

제4장
세상에서 배운 지식이야말로 참된 지식이다

1. 여행의 진정한 목적을 알아야 한다.

만약 너에게 이 편지가 무사히 전달될 쯤 이면 너는 베니스에서 로마로 갈 준비를 하고 있을 것이다. 하트 씨에게도 지난 편지로 부탁드린 것처럼 로마까지는 아드리아 해를 따라 리미니, 로테토, 앙코나를 거쳐 가면 이상적이다. 그것은 어느 고장이나 둘러 볼 가치가 있기 때문이다. 그러나 굳이 오래 머무를 정도는 아니다. 가서 보기만 해도 충분할 것이다. 그 일대에는 고대 로마의 유물이나 이름이 알려진 건축물과 회화 및 조각 등이 많이 있어 어느 것도 놓칠 수가 없으니 눈여겨 관찰하여 보고 오너라. 겉으로 보기만 하여도 그렇게 오랜 시간은 걸리지 않을 것이다. 하지만 내적인 것까지 보아야 할 것들은 다르다. 그것들은 좀 더 시간과 주의력이 필요하다.

흔히 젊은이들은 주의가 산만하고 무슨 일에나 무관심해서, 보아도 보이지 않고 들어도 들리지 않는 경우가 많다고 한다. 그냥 그대로 표면적으로 보거나 건성으로만 듣는다면 차라리 보지도 듣지도 않는 편이 더 낫지 않겠느냐? 그런 점에서 네가 보내 준 여행기를 보니, 너는 여행을 하는 곳곳에서 잘 관찰하고 있고 여러 가지 의문을 가지는 것 같구나. 그런 태도야말로 여행의 참된 목적이라고 말할 수 있다. 어디를 가든지 그 지방의 정세나 다른 지방과의 관계나 약점, 그리고 교역·특산물·정치 형태·헌법 등을 똑바로 관찰하는 사람이 있다. 또한 그 지방의 훌륭한 사람들과 잘 사귀고 그 지방 특유의 예의범절이나 인간성을 잘 터득하고 오는 사람이 있다. 여행에서 큰 이익을 얻게 되는 것은 바로 이런 사람들이다. 그리고 이런 사람들은 여행 중에 더 현명해져서 돌아온단다.

2. 호기심 많은 사람이야말로 여행의 목적을 안다.

로마는 사람의 감정이 온갖 모양으로 생생하게 표현되어 있어 그것이 훌륭하게 예술로 결집되어 있는 도시다. 지구상에서 그런 도시는 좀처럼 찾아보기가 어렵다. 따라서 로마에 머무르고 있을 동안에는 캐피털이나 바티칸 궁전이나 판테온을 구경하는 것만으로 만족해서는 안 된다. 단, 1분 동안의 관광을 위해서 열흘 동안 여러 가지 정보를 수집하기 바란다. 로마 제국의 본질, 교황의 흥망성쇠, 궁정의 정책, 추기경의 책략, 교황 회의의 뒷이야기 등등 절대적인 권력을 뽐냈던 로마 제국의 내면적인 것이라면 무엇이든 좋다. 무엇이든지 깊이 파고들어가 보도록 해라. 어느 지방이든 간에 그 지방 역사와 오늘날의 상황에 대해서 간단하게 소개한 안내 책자가 있다. 먼저 그것을 읽으면 좋다. 부족한 부분도 있겠지만 지침은 된다. 그것을 읽고 난 뒤 더 상세히 알고 싶은 것이 있으면 그 지방 사람에게 물어 보면 된다. 모르는 점에 대해서는 그것에 정통하고 있는 사려 깊은 사람에게 물어 보는 것이 가장 현명한 방법이다. 책은 아무리 상세히 기록되어 있다 하더라도 거기에서 완벽한 정보를 얻기란 쉽지 않다. 영국에도 자기 나라 현황을 상세히 해설하고 있는 책이 여러 권 나와 있다. 프랑스에도 그런 책이 많다. 그렇지만 어느 책이든 정보로서는 완전하지 못하다. 왜냐하면 자기

나라 현황에 그렇게 정통하지 못한 사람들이, 또한 정통하지 못한 사람이 쓴 책을 그대로 베껴 썼기 때문이다. 하지만 그렇다고 해서 읽을 만한 가치가 없다는 것은 아니다. 분명 읽을 만한 가치는 있다. 왜냐하면 읽으면 모르던 것을 알 수 있기 때문이다. 그것은 만일 그 책을 읽지 않았더라면 머릿속을 스치지도 않았을 그런 지식들이다. 모르는 대목이 분명해지면 단 한 시간이라도 좋으니, 사정에 밝은 의장이나 의원에게 물어 보아야 한다. 그러면 프랑스에 있는 모든 책을 다 모아도 모를 프랑스 의회의 내부 사정을 조금은 파악할 수 있게 될 것이다.

네가 만약 군대에 대한 지식이 필요하다면 장교에게 물어 보면 좋다. 어느 누구나 자기 직업에 각별한 애착을 가지고 있기 때문에 자기 직업 이야기를 하는 것을 꺼려 하지 않을 것이다. 더욱이 자기 직업에 관련해서 무엇인가 질문을 받으면 드러내놓고 마구 떠들어대는 경우도 있다. 따라서 어떤 모임에서 군인을 만나는 일이 있다면 여러 가지로 물어 보면 좋다. 훈련법이나 야영 방법 및 의복의 배급 방법, 또는 급료, 역할, 검열, 야영지 등등 알고 싶은 것은 무엇이든지 물어 보는 것이 좋다. 그리고 마찬가지로 해군에 관한 정보도 모으는 것이 좋다. 지금까지 영국은 프랑스 해군과 언제나 깊은 관계를 맺어 왔다. 앞으로도 그럴 것이다. 알아서 손해될 것은 없다. 몸에 익힌 해외 정보가 영국으로 돌아왔을 때 얼마나 너를 돋보이게 하고, 또 실제로 외국과의 교섭에

얼마만큼 도움이 되는지 생각해 봐라. 나는 상상 이상일 것
이라고 생각한다. 현실적으로 이 분야에 정통한 사람은 지금
까지는 거의 없다. 아직도 미개척 분야이다.

제5장
자기의 바탕이 굳어지기 전에 해야 할 일

1. 여행할 때는 분별 있는 행동만을 해라.

언제나 너를 칭찬한 말이 하트 씨의 편지에는 많이 있는데, 이번 편지에는 특히 기쁜 내용이 적혀 있었다. 너는 로마에 있는 동안 이탈리아 사람의 기존 사회에 들어가 섞이려고 시종 노력하였지만, 영국 부인의 제의로 결성된 영국인 집단에는 가입하려고 하지 않았더구나. 너의 이러한 분별 있는 행동은 왜 내가 너를 외국으로 보냈는지, 그 취지를 잘 이해한 행동이다. 그 점이 나는 매우 기쁘다. 한 나라의 사람만 아는 것으로 만족하는 것보다 여러 나라의 사람들과 사귀는 편이 훨씬 낫다. 너는 이 분별 있는 행동을 어느 나라에 가더라도 계속하기 바란다. 특히 파리에는 30명이 아니라 300명 이상의 영국인들이 집단으로 살고 있는데, 이들은 프랑스 사람들과는 대화를 나누는 일도 없이 자기네들끼리만 생활하고 있다. 대체로 파리에 체류하고 있는 영국 귀족들의 생활상은 비슷비슷하다. 먼저 아침에는 늦게까지 이불 속에 있다가 일어나면 곧바로 아침 식사를 하는데, 같은 동료와 함께 한다. 이것으로 족히 오전 중 2시간은 헛되게 보내 버리고 만다. 식사가 끝나면 마차에 넘칠 정도로 가득 타고 궁정이나 노트르담 사원 등을 구경하러 간다. 거기에서 이번에는 커피하우스로 간다. 그 곳에서 저녁 식사를 겸한 즉석 선술집 파티가 시작되는 것이다. 그리고 저녁 식사를 끝낸 후, 약간의 술을 마시고는 줄지어 극장으로 향한다. 극장에서는 볼품없는, 그러나 옷감만큼은 최고급의 양복을 입고 무대 앞에 진을 친다. 다시 연극이 끝나면 일행 모두가 앞서의 그 선술집으로 돌아온다. 그리고 이번에는 쏟아 붓듯, 술을 마시고는 자기네들끼리 서로 언쟁을 벌이거나 거리로 나가 싸움질을 한다. 그리고 결국에 가서는 경찰관에게 붙잡혀 버리고 마는 것이다.

　꼴불견스런 이러한 생활을 되풀이하고 있으니 프랑스어를 할 줄 모르는 그들이 제대로 말을 배울 수 있을리가 없다. 그런 지경이니 본국으로 돌아와서도 타고난 급한 성미는 더 격해질 뿐이고, 처음부터 없었던 지식도 늘어날 리가 없다. 그래도 이들은 외국 바람을 쐬었다는 점을 자랑하고 싶은 마음만은 유난히 강하여, 제멋대로 프랑스 말을 지껄여 댄다. 이렇게 되면 모처럼의 해외 생활도 물거품이 될 수밖에 없다. 이 지경이 되지 않도록 너는 프랑스에 있는 동안 프랑스 사람들과 사이좋게 사귀기 바란다. 노신사는 좋은 본보기가 될 것이고, 젊은이와는 함께 어울리는 게 바람직하다.

2. 여행지의 참모습을 발견 하여라.

말은 그렇다고 하지만, 고작 1주일이나 10일간, 마치 철새처럼 잠깐 머무르는 것만으로는 즐거움을 누리기는커녕 상대방과 친근하게 사귈 수가 없다. 또한 받아들이는 쪽도 그렇게 짧은 기간으로는 친구 사이가 되는 것을 꺼리게 될 것이다. 그 정도라면 그런 대로 괜찮은 편이다. 서로 아는 사이가 되는 것조차 삼가려고 한다 해도 탓할 수는 없다. 그런데 몇 개월 동안 체류하게 되면 이야기는 달라진다. 왜냐하면 그 지방 사람과 스스럼없이 사귈 시간이 있기 때문이다. 따라서 당연히 '타관 사람'이라는 선입견은 없어진다. 이것이야말로 여행의 진정한 즐거움이 아닐까? 어디를 가든지 그 지방 사람들과 격의 없이 사귀고, 그 사회에 융합되어 그 지방 사람들의 참모습을 접하여야 한다. 이러한 태도는 그 고장의 관습을 알고, 예절을 이해하고, 다른 지방에는 없는 특성을 아는 유일한 방법이 아닐까? 이것은 결코 30분간의 형식적인 공식 방문으로는 얻을 수 없는 것이다. 이 세상 어디를 가든 사람이 가지고 있는 성질은 같단다. 다만 다른 것이 있다면, 그것을 어떻게 표현 하는가? 일 것이다. 그것은 지방에 따라, 환경에 따라, 서로 다른 모양을 취한다. 우리들은 그 갖가지 형태를 하나하나씩 접해 나가지 않으면 안 된다. 예를 들면 '야심'이라는 감정이 있는데, 이것은 그 어떤 사람이라도 가지고 있다. 하지만 그것을 만족시키는 수단은 교육이나 풍습에 따라 다르다. 누구나 기본적으로 예의를 지키려는 마음도 가지고 있는 감정이다. 그렇지만 그 마음을 어떻게 나타내느냐 하는 것은 어디에서나 같을 수 없다.

예컨대 영국의 국왕에게 예를 갖춰 절을 하는 것은 존경의 뜻을 나타내는 것이 되지만, 프랑스 국왕에게 절을 하는 것은 실례가 된다. 황제에게는 존경의 뜻을 나타내어 절을 하는 것이 원칙이다. 하지만 전제 군주 앞에서는 엎드리지 않으면 안 되는 나라도 있다. 이와 같이 예의범절은 지방, 시대, 사람에 따라 다르다. 그러면 그 예의범절이 어떻게 해서 생겼는가? 그것은 사람들이 일상생활을 하다 보니 우연히 기본적으로 필요에 의해 생겨나 이어져 온 것이라고 말할 수밖에 없다. 제 아무리 현명하고 분별 있는 사람이라도 그 지방 특유의 예의범절을 배우지 않고는 표현할 수가 없다. 그것을 할 수 있는 사람은 실제로 지방에 가서 직접 눈으로 보고 몸으로 체험하여 실사회에 통달하고 있는 사람뿐이다. 예의범절은, 이성이나 분별을 가지고는 설명할 수 없는 우연히 필요에 의해 생긴 것이라는 것을 부인할 수 없다. 그렇지만 그것이 거기에 엄연히 존재하는 이상 그것에 따라야 한다. 이것은 왕이나 황제에 대한 예의에 관해서만 설명하고 있는 것이 아니다. 모든 계급에는 관습 같은 것이 있을 것이다. 그 관습에 따르는 편이 좋다.

예를 들자면 사람들의 건강을 기원하여 건배한다는 저 어리석은 행동은 거의 어느 지방에서나 볼 수 있는 관습이다. 내가 가득히 따른 한 잔의 술을 마시는 일과 누군가의 건강과는 도대체 무슨 관계가 있단 말인가? 상식적으로는 생각할 수 없는 일이다. 하지만 그 상식이, 나 역시도 그 관습에 따르는 것이 좋다고 권고하고 있는 것이다. 상식은 우리 모두에게 예의바르게 하라, 좋은 인상을 심어 주라고 명령한다. 그렇지만 때와 장소와 사람에 따라서 어떻게 예의를 갖추느냐는 실제로 눈으로 보고 몸으로 익히지 않는 한 알 수 없다. 따라서 나는 이것은 앞에서도 설명한 것과 같이 그것을 익히고 돌아오는 것이 올바른 여행 방법이 아닐까 생각한다.

3. 안을 들여다보는 즐거움을 배워라.

어디를 가든지 간에 분별 있는 사람은 그 지방의 풍습을 익혀 그것에 따르려고 노력한다. 그렇게 하는 것이 전 세계 어느 곳을 가든 필요할 것이다. 그리고 도덕적으로 용납될 수 없는 일이 아닌 이상 어떤 것이든 간에 그렇게 따르는 편이 좋다. 그럴 경우 가장 도움이 되는 것은 적응력이다. 적응력은 순간적으로 그 장소에 어울리는 태도를 결정할 수 있는 힘이다. 진지한 사람에 대해서는 진지한 얼굴로 대할 수 있고, 명랑한 사람에게는 밝게 행동하고, 보잘것없는 인물에게는 그저 적당히 상대를 한다. 너는 이러한 능력들을 몸에 익히도록 애써 노력해 주길 바란다.

여러 지방을 방문하여 존경받는 사람들과 교제함으로써 그 지방의 인물로 변신할 수 있을 것이다. 그렇게 되면 이미 너는 영국 사람도 아니고, 프랑스 사람도 아니고, 이탈리아 사람도 아닌, 소위 유럽 사람이 되는 것이다. 그리고 여러 지방의 좋은 풍습을 겸허하게 받아들여, 파리에서는 영국 사람이 되는 것이다. 하지만 너는 이탈리아어를 잘 몰라 골치를 앓고 있는 모양이더구나. 그렇지만 프랑스의 귀족들을 보아라. 그들은 말을 할 때 자기 스스로는 깨닫지 못하고 있지만, 훌륭한 산문을 읊고 있다. 그와 마찬가지로 너도 자신은 깨닫지 못하고 있겠지만, 이탈리아어를 능숙하게 이해하고 있는 것이다.

먼저, 너만큼 프랑스어와 라틴어에 실력이 있으면 이탈리아어의 절반은 알고 있는 것이나 마찬가지이다. 사전 따위는 거의 찾을 필요를 느끼지 않을 정도가 아니냐? 다만 숙어나 관용구, 그리고 미묘한 표현 등은 실제로 말을 해 보는 것이 가장 바람직하다. 그냥 상대편의 말에 귀를 기울여 듣고 있으면 그런 것은 곧 익힐 수 있다. 그러므로 틀렸거나 맞았거나 염려하지 말고, 질문할 수 있을 만큼의 단어와 질문에 답할 수 있을 만큼의 단어를 익히면 주저하지 말고 자꾸 계속해서 사람에게 말을 걸어 보아라. 이를테면 프랑스어로,

"안녕하세요?"

라고 말을 거는 대신, 금방 익힌 이탈리아어로,

"안녕하세요?"

라고 말하면 된다. 그러면 상대편은 이탈리아어로 무어라고 대답하여 줄 것이다. 그것을 들어서 외우면 된다. 계속 되풀이 하노라면 어느 사이에 자기가 이탈리아어를 잘 할 수 있다는 것을 발견하게 될 것이다. 이탈리아어는 생각 외로 간단한 언어란다.

나는 지금까지 여러 가지 이야기를 했는데, 너를 해외로 내보낸 것도 이런 것들을 몸에 익히기를 원했기 때문이다. 어디를 가든지 관광만으로 만족하지 말고, 그 지방의 깊숙한 곳까지 잘 살펴보고 돌아오기 바란다. 다시 말하건대, 너는 현지의 사람들과 친밀하게 사귀어 관습이나 예의범절을 배

워 오기 바란다. 또한 현지의 말을 배우기 바란다. 네가 이 정도의 것들을 할 수 있다면 나의 고생도 보답을 받는 셈이라고 할 수 있단다.

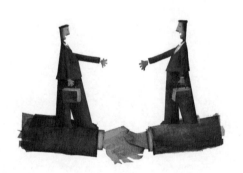

제5부

자기 자신의 주장을 가져라

제1장
사물을 다른 사람의 생각으로 판단하지 말라

1. 자기 자신이 바로 삶의 주역이다.

　나의 이 편지가 도착할 즈음이면 너는 라이프치히에 이미 돌아와 있을 것이다. 너는 드레스덴에서 궁정 사회에 대해 어떤 인상을 가지고 있느냐? 현명한 너이니만큼 축제 기분은 드레스덴에 떨쳐 버리고, 라이프치히에서는 이미 다시 공부에 열심히 매달려 있으리라 믿는다. 궁정이 만약 네 마음에 들었다면 열심히 공부를 해서 지식을 쌓아나가는 것이 사람들에게 인정받는 가장 가까운 지름길이라는 점을 명심해 두기 바란다. 지식도 없고 덕도 없는 궁정인이란 한마디로 꼴불견이다. 그들은 가여운 사람들이다. 그것에 비해 지식과 덕이 있고, 기품과 겸손한 태도를 몸에 지닌 사람들은 참으로 훌륭하다. 너도 그러한 사람이 되는 것을 목표로 삼기 바란다. 흔히 궁정은 '거짓말과 허위의 집단이며, 겉과 속이 전혀 다른 세계'라고 말하지만, 과연 그럴까? 난 그렇게는 생각하지 않는다. 분명 궁정은 거짓말과 허위의 집단이며, 겉과 속이 완전히 다른 경우도 있기는 하다. 그렇지만 그것은 궁정에만 국한된 이야기는 아니다. 이 세상에 그렇지 않은 곳이 있다면 나도 알고 싶다.

농부들이 집단을 이루고 사는 농촌 사회도 비슷한 것이 아닐까? 굳이 다른 점이 있다면 예의범절이 다소 거칠다는 정도일 것이다. 서로 이웃해 있는 밭을 경작하는 농부는 어떻게 하면 이웃 사람보다도 많이 생산해 팔 수 있을까 하고, 이 방법 저 방법을 궁리하여 실천에 옮기고 있을 것임에 틀림없다. 또한 대지주 앞에서는 어떻게 해야 그의 마음에 들 수 있을까 하고 필사적으로 작전을 세우고 있을 것임에 틀림없다. 한마디로 그 작전은 궁정 인이 왕자의 비위를 맞추는 것과 조금도 다를 바가 없는 것이다.

시골 사람들은 순박하고 거짓말과 허위가 없으며, 궁정인들은 거짓투성이라고 시인들이 아무리 노래해 봤자, 또한 단순하고 어리석은 사람들이 그것을 아무리 믿어 봤자 진실은 변하지 않는 법이다. 양을 치는 목자이거나 궁정인이거나 모두 똑같은 인간이다. 즉, 마음에 느끼는 것, 생각하는 것에는 다를 바가 없다. 다만 그 방식이 조금 다를 뿐이다.

2. 일반론을 주장하는 사람을 조심해라.

너는 일반론을 주장하거나, 일반론을 믿거나, 일반론을 옳다고 인정하는 일에는 신중을 기해 주기 바란다. 대체로 일반론을 주장하는 부류의 사람들 중에는 자만심이 강하며, 교활하고 빈틈이 없는 사람들이 많다. 현명한 사람은 그런 것을 내세울 필요가 없다. 간혹 교활한 인간이 일반론을 내세우는 것을 보면, 그런 것에 의지하지 않을 수 없을 정도로 빈곤한 지식이 불쌍하게 여겨질 뿐이다.

이 세상에는 국가나 직업에 대해서뿐만 아니라, 갖가지 일반론들이 활개를 치고 있다. 그것들 중에는 잘못된 것도 있고, 옳은 것도 있다. 그러나 보편적으로 이야기하자면 자신의 견해를 갖지 못한 사람이 '일반론'이라는 케케묵은 장식품을 몸에 걸치고 다른 사람의 눈길을 끌려 하고 있다. 나는 그러한 사람이 다른 사람의 관심을 이끌어내려고 일반론을 내세우면, 일부러 위엄 있는 얼굴을 하고는,

"그렇습니까?"

"그래서요?"

라며, 그 뒷말이 당연히 있어야 할 것이라는 태도를 취한다. 상대는 그러면 그 즉시 자신감이 없고, 농담 같은 일반론밖에는 아무런 의지할 곳이 없어, 그 다음 말을 잇지 못하고 난처한 태도로 우물쭈물한다. 이는 결국 자기 자신에게 확고

한 견해를 가진 사람은 일반론 따위에 의존하지 않더라도, 말하고 싶은 것은 명확히 말할 수 있음을 보여준다. 쓸모없는 일반론에는 외면하고, 그런 것을 내세우지 않아도 충분히 즐겁고 유익한 화제를 제공할 수 있다. 따라서 그런 사람은 비꼬아 말하거나 일반론을 증거로 내세우지 않고서도, 상대편을 따분하게 만들지 않는다.

제2장
너의 눈으로 세상을 보아라

1. 너에게는 사물을 보는 훌륭한 두뇌가 있다.

이제 너는 사물을 차분히 관찰할 수 있는 나이라고 생각한다. 같은 나이 또래의 청년으로서 그것을 할 수 있는 사람은 아직까지는 적겠지만, 너는 부디 사물에 대하여 깊이 생각하는 습관을 몸에 익히기 바란다. 하기야 나 역시도 그렇게 하기 시작한 것은 오래 된 일은 아니란다.

나는 16~17세까지도 내 스스로 생각하지를 못했다. 그 후약간은 생각하게 되었지만, 생각한 것을 무엇인가에 유용하게 사용되게끔 하지 못했다. 정작 읽은 책의 내용을 이해하지도 못하면서 그대로 받아들였고, 교제한 사람들이 말하는것을 그 옳고 그름을 판단하지 않은 채 그대로 받아들이기만 했을 뿐이다. 더욱 시간과 노력을 기울여서 진실을 추구하기 보다는 설령 틀리더라도 편한 것이 좋다는 그런 사고 방식 이었다. 따라서 생각하는 것을 귀찮게 여겼고, 놀기에도 바빴다. 그리고 상류 사회의 독특한 사고방식에 대해서 다소 반항도 하고 있었다. 그러한 입장이었기 때문에 분별 있는 생각을 갖기는커녕 정신을 차렸을 때는 편견에 사로잡혀 가고 있었다. 그리고 스스로는 깨닫지 못했지만, 진리를 추구하는 대신에 잘못된 사고방식을 기르고 있었던 것이다. 하지만 나는 일단 스스로 생각하려고 하는 뜻을 세운 뒤 그것을 실천해 보니 놀랍게도 사물을 보는 눈이 달라지더구나. 그 때 나는 주어진 사고방식으로 사물을 보거나, 실체가 없는 곳에 힘이 있다고 착각하고 있었던 그 전과 비교할 때, 사물이 얼마나 질서 정연하게 보였는지 모른다. 물론 나는 지금까지도 다른 사람으로부터 받은 사고방식에서 벗어나지 못하고 있는지도 모른다. 그리고 오랜 세월이 흐르는 동안에 다른 사람으로부터 받은 사고방식이 그대로 나 자신의 사고방식이 된 것도 있을 것이다. 또한 실제로 나는 젊었을 때 가르침을 받아 그대로 계속 옳다고 생각해 온 것과, 후년에 이르러 나 자신의 힘으로 길러 낸 사고방식과의 구별을 할 수 없는 경우도 없지는 않았다.

2. 독단과 편견에 빠지지 말라.

최초의 나의 편견은 고전에 대한 절대주의였다. 이러한 편견은 어쩌면 수많은 고전을 읽은 데서 비롯되었거나, 선생님들로부터 강의를 듣는 동안에 자연스레 몸에 밴 것인데, 나는 그것을 철저히 신봉하고 있었다. 그 무렵 나는 이 세상에 양식이나 양심 같은 것은 털끝만큼도 존재하지 않는다고 믿고 있었다. 다시 말해 양식 있는 것, 양심 있는 것은 고대 그리스나 로마 제국과 함께 멸망해 버렸다고 생각하고 있었던 것이다.

이를테면 호머Homer의 『일리아스(Ilias)』, 『오딧세이아(Odysseia)』 같은 작품이나 로마 최대의 서사시인 베르길리우스Vergilius의 작품은 고전이기 때문에 옳고, 밀턴Milton과 타소Tasso는 현대인이기 때문에 볼 만한 것이 없다고 믿고 있었다. 그렇지만 요즘은 다르단다. 요즘에 와서는 300년 전의 사람이나 현재의 사람이나 같다는 것을 잘 알고 있다. 어느 편이나 평범한 사람으로서 삶의 방식이나 관습이 시대에 따라서 변할 뿐, 사람의 성질 따위는 예나 지금이나 변할 턱이 없다. 유식한 척하는 교양인은 보통 고전을 신봉하지만, 그렇지 않은 사람은 현대의 것들에 열광적인 팬인 경우가 많다. 하지만 지금 내가 말한 것들을 종합해 보면, 현대인에게도 고대인에게도 장점과 단점이 제각기 있다. 나는 고전에 대한 독단적인 생각도 상당했고, 종교에 대한 편견도 상당히 강했던 모양이었다. 한때는 영국 국교를 믿지 않으면 이 세상에서 제일 정직한 사람이라도 구원받지 못한다고, 진심으로 그렇게 믿고 있었을 정도였다.

두 번째, 사람의 사고나 견해는 그리 쉽게 바꿀 수 있는 것이 아니다. 대부분의 경우, 자신과 다른 사람의 의견이 다를 수 있다. 설령 의견이 서로 다르더라도 그것으로 족하며, 서로 관용을 주고받아야 한다는 것을 솔직히 그 당시에는 알지 못했던 것이다.

3. 그럴듯하게 보이는 것에 현혹되지 말라.

'전제 정치 아래서는 참다운 예술도 과학도 성장하지 못한다.'라는 견해가 있다. 과연 자유가 제한되어 있는 곳에서는 재능도 봉쇄당하는 것일까? 이런 생각은 그럴 듯하게 보이기도 하지만, 나는 그렇게 생각지 않는다. 농업과 비슷한 기술이라면 정치의 형태에 따라서 소유지나 이익이 보장되지 않는 경우, 발전하기 곤란할지 모르겠다. 하지만 전제 정치가 수학자나 천문학자, 또는 예술가 등의 재능을 억제해 버린다고 하는 견해는 말도 안 된다. 그런 실례 따위는 들어본 적이 없다. 시인이나 배우의 경우, 자신들이 좋아하는 주제를 마음대로 표현할 수 있는 자유는 빼앗길지도 모른다. 그렇지만 정열을 쏟는 대상을 빼앗기는 것은 아니다. 만일 재능이 있다면 그것까지 잘려 버릴 염려는 없는 것이다. 이 생각이 어느 누구보다도 잘못이라는 것을 증명한 사람들은 프랑스의 작가들이었다.

코르네유Corneille, 라신Racine, 브왈로Boileau, 라퐁텐La Fontaine 등은 아우구스투스Augustus 시대와 필적할 만하다고 생각되는 루이 14세Louis XIV의 압제 밑에서도 그 재능을 마음껏 꽃피웠던 것이다. 아우구스투스 시대의 훌륭한 작가들이 재능을 발휘한 것도, 잔인하고 무능한 황제가 로마 시민의 자유를 억압한 후라는 것을 되새겨 주기 바란다. 그리고 편지라는 것을 재평가하게 된 것도 자유로운 풍조에 의한 것이 아니었다.

나는 너에게 부디 오해하지 말 것을 부탁한다. 결코 나는 전제 정치에 편들어서 말하고 있는 것은 아님을 알아야 한다. 독재는 내가 가장 싫어하는 것이다. 더욱이 압제는 인간의 기본적 권리를 침해하는 범죄적 행위라고 말하고 싶다.

4. 먼저 자신의 생각이 진정 무언가를 생각해라.

이야기가 약간 길어졌지만, 자신의 머리를 써서 사물을 똑바로 인식하는 습관을 길러주기를 바란다. 먼저 너의 사고 방식을 하나하나 점검하고 정말 나 자신이 그렇게 생각했는가, 다른 사람이 가르쳐 준 대로 내가 생각하고 있는 것은 아닌가, 편견이나 독단적인 생각은 없는가 하고 생각하는 데서부터 시작하기 바란다. 이렇게 하여 편견이 없어지면 자신의 머리를 집중하여 여러 사람들의 의견을 듣고, 옳은가 그른가, 만약 옳지 않다면 어디가 틀렸는가 하는 것을 종합해서 자기 생각을 갖기 바란다.

'조금 더 일찍 스스로 판단했더라면 좋았을 걸'하고 후회하는 일이 없도록 해라. 물론 사람의 판단력이 언제나 옳다는 것은 아니다. 틀릴 수도 있다. 그렇지만 이렇게 하는 것이 가장 적게 틀리는 방법임에는 변함이 없다. 그리고 그것을 보충해 주는 것이 책이고, 또한 사람과의 교제이다. 그러나 책이나 사람과의 교제를 너무 믿어 무작정 그대로 받아들여서는 안 된다. 왜냐하면 그것들은 어디까지나 인간에게 주어진 판단력의 보조물에 지나지 않기 때문이다. 어수선하며 까다롭고 귀찮은 일은 여러 가지 있지만, 너는 그 중에서도 특히 많은 사람들이 생략하고 싶어 하는 '생각한다.'라고 하는 작업만큼은 부디 철저히 하기 바란다.

5. 지식은 풍부하게 몸가짐은 겸허하게 가져라.

흔히 학식이 풍부한 사람은 지식에 자신이 있는 나머지 다른 사람의 의견에 귀를 기울이지 않는 일이 있다. 그리고 일방적으로 자기 자신의 판단을 강요하거나 멋대로 단정 짓거나 한다. 그렇게 하면 어떤 결과가 오겠는가? 그렇게 강요당한 사람들은 모욕을 당하고, 자존심에 상처를 입었다고 느껴 순순히 따르기만 하지를 않는다. 심지어 성을 내고 반항할 것이다. 심한 경우에는 법적 수단까지 호소하려 들 것이다. 이러한 점을 피하기 위해서 지식의 양이 늘어나면 늘어날수록 겸손해야 한다. 자기 자신을 거만하게 내세우면 안 된다. 확신이 서는 문제에 대해서도 별로 확신이 없는 것처럼 태도를 취하도록 해라. 그리고 자기의 의견을 말할 때도 딱 잘라서 말하지 않도록 해라. 남을 설득하고 싶으면 먼저 상대편의 의견에 조심스럽게 귀를 기울여야 한다. 그만한 겸허함이 없으면 안 된다.

네가 학자인 척하는 꼴불견인 녀석이라는 말을 듣기 싫고 또한 무식하다고 욕을 먹는 것도 싫다면, 가장 슬기로운 방법은 자기 지식을 자랑하지 않는 것이다. 주위 사람들과 내용만을 전달하는 것이 바람직하다. 화려하게 꾸미거나 하지 말고, 다만 순수하게 내용만을 전달하면 된다. 주위 사람보다 조금이라도 잘난 것처럼 보이게 하거나, 고의적으로 학문이 있는 것처럼 보이려고 해서도 안 된다. 자기 지식은 회중시계처럼 은밀히 호주머니 속에 간직해 두면 된다. 따라서 자랑하고 싶어서 필요도 없는데 호주머니 속에서 꺼내 보거나, 시간을 가르쳐 주거나 할 필요가 없다. 그래서 시간을 묻는 사람이 나서면 그 때만 대답하면 된다. 그리고 시간의 파수꾼이 아니므로 누가 묻지도 않는데 시간을 알려 줄 필요가 없는 것이다.

학문이란 몸에 지니고 있지 않으면 곤란하면서도 쓸모 있는 장식품과 같은 것이다. 또한 몸에 지니고 있지 않으면 크게 창피를 당하게도 된다. 그러나 너는 지금 내가 말한 것과 같은 잘못을 저질러서 다른 사람들로부터 비난을 받지 않도록 부디 조심하지 않으면 안 된다.

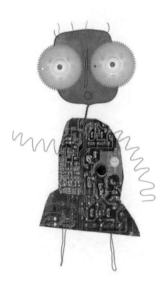

제5부 자기 자신의 주장을 가져라

제3장
근거만 가지고는 참된 열매를 맺지 못한다

1. 현실성이 없는 학문은 아무런 쓸모가 없다.

오늘은 내가 아주 녹초가 될 만큼 피곤하구나. 아니, 혼났다고 해야 좋을지 모르겠다. 학식이 풍부하고 훌륭한 신사한 분이 나를 찾아와서, 식사를 한 뒤에 함께 저녁 한때를 보냈다.

내가 이렇게 이야기하면,

"왜 피곤했어요?"

"오히려 즐거웠던 게 아니에요?"

라고 말할지 모르지만, 그 사람이야말로 정말 구제 불능이었던 것이다. 이 사람은 예의는커녕 말도 제대로 할 줄 모르는 바보였다. 흔히 잡담을 '근거도 없는 시시한 이야기'라고 말하기도 하지만, 이 사람의 이야기는 근거가 있는 이야기들뿐이었다. 정말 나는 진절머리가 났다. 그리 언짢을 것이 없는 잡담이라면 밑도 끝도 없는 편이 얼마나 고마운지 모른다. 그는 아마도 오랫동안 연구실에 틀어박혀서 온갖 문제에 관해 사고를 거듭한 끝에 자기주장을 확립한 것이리라. 모든 일에 자기주장을 들고 나와, 조금이라도 내가 거기에서 벗어난 말을 하기라도 하면 눈을 부릅뜨고 분개를 하는 것이었다. 그의 주장은 분명히 모두 그럴 듯했다. 그렇지만 유감스럽게도 현실성이 결여되어 있었던 것이다. 그 까닭을 너는 알겠느냐? 그분은 책만 읽었지, 사람과 교제를 하지 않았기 때문이다. 그러므로 학문에는 밝지만, 인간에 대해서는 전혀 무지했던 것이다.

2. 비록 학식은 풍부하지만 현실성이 없는 사람은 딱하다.

세상에서 현실성이 결여된 사람이 휘두르는 이론은, 그렇게 이론대로 돌아가지 않는다는 점을 아는 모든 사람들을 피곤하게 만든다.

이를테면,

"세상은 그런 것이 아니요."

라고 말참견을 한다 하더라도 그런 말참견을 시작하면 끝이 없고, 게다가 상대는 이쪽 말에는 귀도 기울이지 않을 것이다. 그것도 어쩌면 당연한 말이다. 상대방은 옥스퍼드 대학이나 케임브리지 대학에서 평생 동안 연구에만 매달린 사람이니 말이다. 보통 사람으로서는 생각지도 못하는 곳까지 세분화해서, 인간을 철저히 연구 분석하고 그렇게 해서 자기 학설을 확립한 것이다. 그러니 그렇게 쉽게 물러설 리가 없다. 자기주장이 옳다고 믿는 것도 어쩌면 당연하다. 그것은 그것 나름대로 훌륭한 일이라고 생각한다. 그러나 세상에는 복잡한 여러 가지 관습이나 편견 또는 취미가 있으며, 그것들을 모두 종합한 끝에 한 사람의 인간이 존재한다는 사실이다.

3. 사람이란 어떤 빛깔로도 변할 수가 있다.

세상 물정을 아무것도 모르는 학자에게는 아이잭 뉴턴이 프리즘을 통해서 빛을 보았을 때처럼 사람이 몇 가지 빛깔로 분류되어 보인다. 이 사람은 이 빛깔, 저 사람은 저 빛깔이라는 식으로 말이다. 하지만 경험이 풍부한 염색 기술자는 다르다. 빛깔에는 명도가 있고 채도가 있다는 것을 잘 알고 있다. 한 가지 빛깔로 보여도 그것은 여러 가지 빛깔이 혼합되어 있다는 것을 알고 있다. 애당초 한 빛깔만으로 된 사람은 없는 법이다. 조금은 다른 빛깔이 섞여 있거나, 그림자가 들어 있거나 한다. 그것뿐이 아니다. 비단이 빛을 받는 정도에 따라서 어떠한 빛깔로도 변하는 것처럼 상황에 따라서 어떠한 빛깔로도 변하는 것이 바로 사람인 것이다. 이런 이치는 세상을 알고 있는 사람이라면 누구나 다 알고 있다. 하지만 세상에서 격리되어 홀로 연구실에 틀어박혀 있는, 자신만만한 학자는 그것을 알지 못한다. 이것은 두뇌만 가지고도 알 수 있는 것이 아니다. 그러므로 공부한 것을 실천하려고 해도 앞뒤가 맞지 않아 생각대로 되지 않는다. 사람이 춤을 추는 것을 본 일이 없는 사람이나 춤을 배운 일이 없는 사람은, 제아무리 악보를 읽을 수 있고 멜로디나 리듬을 이해할 수 있더라도 춤을 추지 못하는 것과 마찬가지인 것이다. 그런 점에서 자신의 눈으로 보고 귀로 듣고서 세상을 알고 있는 사람은 전혀 다르다.

이와 마찬가지로 칭찬하는 위력을 안다면, 언제 어디서 어떻게 칭찬하면 좋은가를 잘 분별하고 있다. 이를테면 의사가 환자의 체질에 맞추어서 투약을 하는 것과 마찬가지인 것이다. 좀처럼 그들은 직접 칭찬하는 일은 거의 하지 않는다. 완곡하게 비유적으로, 또는 암시적으로 칭찬을 한다. 간추려 말한다면, 머리로 생각하는 것과 현실 사이에는 커다란 차이가 있다는 점을 알아야 한다.

4. 책 속에서 얻은 지식을 실생활의 지혜로 만들어라.

너는, 지식이나 인격이 훨씬 모자란 사람들이 눈치 채지 않고 능숙하게, 우수한 사람들을 조종하고 있는 것을 본 일은 없느냐? 그러한 예를 나는 지금까지 여러 번 보아 왔다. 직접 자기 눈으로 관찰하고 실제로 몸으로 체험해서 세상을 알고 있는 사람은, 오직 책을 통해서만 세상을 보는 사람과는 차이가 있다. 또한 위에서 언급한 현상이 가능한 것은, 그 사람들이 세상을 사는 지혜가 뛰어나기 때문이다.

이제 너도 지금까지 열심히 공부해 온 것이나, 보고 들은 것을 종합하여, 네 나름의 판단을 해서 자신의 인격이나 행동 양식이나 예의범절을 확립하지 않으면 안 되는 시기에 이르렀다. 그러므로 세상을 알고, 더 한층 연마하기만 하면 된다. 그런 의미에서 사회에 관한 책을 읽는 것은 바람직한 일이다. 책에 씌어 있는 내용과 현실을 비교해 보면 좋은 공부가 될 것이다. 예를 들어 오전의 공부 시간에 라 로슈푸코La Rochefoucauld의 격언을 읽고 깊이 고찰하였다고 가정하면, 그것을 밤에 사교장에서 만나는 사람들에게 적용시켜서 생각해 보면 좋다. 그리고 라 브뤼에르La Bruyere를 읽었다면, 거기에 묘사되어 있는 세계는 어떤 것인가를 사교장에서 실제로 확인해 보도록 하여라. 사람의 마음의 움직임이나 감정의 동요 등에 대한 책에는 갖가지 내용들이 씌어 있다. 미리 그것을 읽어 둔다는 것은 현명한 일이다. 그렇지만 거기서 끝나서는 안 된다. 실제로 사회에 발을 들여 놓고, 관찰하지 않으면 모처럼 얻은 지식도 산지식이 되지 못한다. 그렇기는커녕, 오히려 잘못된 방향으로 나가 버리게 된다. 방 안에서 세계 지도를 펼쳐 놓고 제아무리 눈을 부릅뜨고 들여다보지만, 세계에 대해서는 아무것도 알지 못하는 법이다.

홀로서는 너에게

제4장
어떻게 하면 설득력을 기를 수 있는가

1. 한 나라의 역사를 바꿔 버린 나의 화술

너에게 오늘은 영국에서 율리우스력(Julius曆)을 그레고리오력(Gregorio曆)으로 개정하기 위한 법안을 내가 상원에 제출했을 때의 일에 대해서 자세히 이야기해 주겠다. 틀림없이 너에게 참고가 될 것이라 생각한다.

율리우스력이 태양력을 11일이나 초과하고 있는 정확하지 못한 달력이라는 것은 누구나 잘 알고 있는 사실이었다. 그것을 개정한 사람이 교황 그레고리우스 13세인데, 그레고리오력은 즉시 유럽의 가톨릭 국가에서 받아들여졌고, 잇달아 러시아와 스웨덴과 영국을 제외한 모든 프로테스탄트 국가에 받아들여졌다. 유럽의 주요 국가들이 그레고리오력을 채택하고 있지만, 여전히 우리나라가 틀림이 많은 율리우스력을 고집하고 있다는 것은 매우 명예스럽지 못한 일이라고 나는 생각하였다. 그러한 생각은 나 이외에도 해외에 자주 왕래하고 있었던 정치가들이나 무역상들 중에도 불편함과 불합리함을 느끼고 있는 사람들이 많이 있었던 것 같았다. 따라서 나는 영국의 달력을 바꾸기 위하여 행동을 취하기로 결심하였다. 먼저 나는 나라를 대표할 만한 훌륭한 법률가와 천문학자 몇 사람의 도움을 받아 법안을 작성하였다.

나의 고생이 시작된 것은 바로 여기서부터이다. 당연한 일이지만 법안에는 법률 전문 용어와 천문학상의 계산이 가득 차 있다. 그리고 그 법안을 제안하기로 되어 있었던 사람은 그 어느 쪽 사정도 모르는 나 자신이었다. 법안을 성립시키기 위해서는 나에게도 조금의 지식이 있다는 것을 의회 사람들에게 알릴 필요가 있었고, 이런 법안에 대해서 잘 모르는 의원들에게도 조금은 납득이 간 것 같은 기분을 갖게 할 필요가 있었다.

그 무렵 천문학을 설명하는 것도 켈트어나 슬라브어를 배워 그 언어로 말하는 것도 크게 어려운 일은 아니었지만, 의원들로서는 어려운 천문학의 이야기에 그다지 흥미가 없을 것이라고 생각되었다. 그래서 결단을 내려서 내용 설명이나 전문 용어의 나열은 그만두기로 하고, 의원들의 마음을 사로잡는 일에만 노력을 기울이기로 하였다. 그리하여 나는 이집트력에서부터 그레고리오력에 이르기까지의 일화를 위주로 재미있게 설명하였다. 이것은 성공이었다. 과학적 설명을 전혀 하지 않았음에도 대부분의 의원들이 내 법안을 인정하는 분위기였다. 그 후, 법안 통과를 후원하기 위해 유럽 최고의 수학자이자 천문학자이기도 한 마크레스필드 경이 전문적인 설명을 하였다. 그런데 그의 설명하는 태도가 바람직하지 않았던지, 나에게 모든 찬사가 집중되어 버렸다. 세상일이란 가끔씩 그런 것이다.

그런 경험이 너도 있을 것이다. 말을 걸어 온 사람의 목소리가 거칠거나, 이상한 억양으로 말하거나, 순서가 뒤죽박죽일 경우에 말의 내용에 귀를 기울일 마음조차 안 생길 것이다. 하지만 호감을 느낄 수 있게 말하는 사람은, 인격에까지 반해 버리게 된다.

2. 본론도 중요하지만 지엽적인 부분이 더욱 중요하다.

네가 만약 전하고자 하는 본론을 아무런 꾸밈이나 보탬이
없고 논리 정연하게 이야기할 수 있다고 하자, 그것으로 충
분하다고 생각하고 정계에 발을 들여 놓을 생각이라면 그것
은 어처구니없는 잘못이다. 사람들 앞에서 이야기할 때는 그
내용이 아니라, 달변인가 아닌가에 따라서 그 사람의 평가가
결정되어 버리는 법이다. 개인적인 모임에서 사람의 마음을
붙잡고자 할 때나 공적인 회합에서 청중을 설득하고자 할
때는, 이야기의 내용도 중요하지만 말하는 사람의 분위기나
표정, 몸짓, 품위, 목소리를 내는 방법 및 사투리의 유무, 억
양 등의 지엽적인 부분이 더 중요하다고 생각한다.
　나는 영국에서, 피트 씨와 스토마운트 경의 백부인 법무
장관 뮤레이 씨가 연설을 제일 잘 하는 사람이라고 생각한
다. 이 두 사람 이외에는 영국 의회를 잠잠하게 만들 수 있
는 사람, 즉 논쟁의 과열을 진정시킬 수 있는 사람은 없다.
이 두 사람의 연설은 시끄러운 의원들을 침묵시켜 열심히
귀를 기울이게 할 수 있는 힘을 가지고 있다. 그분들이 연설
하고 있을 때 가서 보면 알 수 있을 것이다. 그들이 연설할
때는 마치 바늘이 떨어지는 소리까지 들릴 정도이다. 어떻게
해서 이 두 사람의 연설이 그런 힘을 가지고 있는가? 내용
이 훌륭하기 때문일까? 이론적인 뒷받침이 튼튼하기 때문

일까?

나 역시 그들의 연설에 매혹된 사람 중의 하나이지만, 집에 돌아와서 어떻게 그만큼 매혹 당하는가를 생각해 본 일이 있다. 그들은 도대체 무엇을 이야기한 것일까 하고 골똘히 다시 잘 생각해 보니, 놀랍게도 내용은 빈약했고 테마도 설득력이 없는 경우가 많았다. 즉, 그 연설은 표면상의 허식에 매혹되어 있었음에 불과했던 것이다. 아무런 꾸밈도 없는 논리 정연한 화술은 지적인 사람이 두세 사람 모이는 장소에서나 사적인 모임에서는 설득력도 있고 매력도 있을지 모른다. 그러나 많은 대중을 상대로 하는 공적인 장소에서는 통용되지 않는다.

세상이란 그런 것이다. 연설을 그다지 능숙하게 하지 못하는 영국 사람들에게는, 그리고 특히 너에게 있어서는 다시 생각해 볼 가치가 있는 중요한 일이라고 생각되지 않느냐?

제5장
어떻게 말을 갈고 닦아야 하는가

1. 독서에서 좋은 표현을 구하라.

독서를 할 때는 문체나 말씨의 사용법에 유의하면 좋다.
어떻게 하면 좀 더 훌륭한 표현이 되는가, 자신이 똑같은 글
을 쓴다면 어떤 점이 부족한가를 생각하면서 읽어야 한다.
같은 내용의 글을 쓰더라도 저자에 따라서 얼마만큼 표현
방법이 다른가? 표현이 다르면 같은 내용이라도 얼마만큼
인상이 달라지는가에 유의하면서 읽으면 좋다. 아무리 훌륭
한 내용이라도 어휘 사용법이 이상하거나, 문장에 품위가 없
거나, 문체가 어울리지 않으면 얼마나 흥이 깨어지는가를 잘
관찰해 두는 것이 좋다.

2. 자기만의 스타일을 화법과 문장에서 만들어라.

　아무리 자유로운 대화라 하더라도, 그리고 아무리 친한 사람에게 보내는 편지라 하더라도, 자기만의 독창적인 스타일을 갖는다는 것은 중요한 일이다. 이야기를 하기 전에 준비를 하는 것은 중요하지만, 그렇게 할 수 없었던 경우에는 이야기가 끝난 뒤에라도 좀 더 좋은 화술은 없었을까? 하고 반성해 보는 것만으로도 화술을 잘할 수 있는 데 도움이 될 것이 틀림없다.

3. 말은 바르게 사용하고 발음은 똑똑히 해라.

　우리의 마음을 사로잡는 배우들이 어떤 식으로 말하고 있는가 주의 깊게 관찰해 본 적이 있느냐? 유심히 관찰해 보면 알겠지만, 훌륭한 배우는 언제나 밝고 확실하게 발음하고 정확한 말을 사용하는 데 중점을 두는 법이다. 하지만 말이란 상대편에게 개념을 전달하기 위해서 있는 것이다. 그런데도 내용이 전달되지 않는 화법을 쓰거나, 듣기 싫은 화법을 쓴다는 것은 어리석기 이를 데 없다. 이 문제에 대해서 너는 하트 씨에게 부탁하면 된다. 매일매일 큰 목소리로 책을 읽고 그것을 들어달라고 부탁해라. 호흡을 하는 방법이나, 강조하는 방법, 읽는 속도 등에 적당하지 못한 곳이 있으면 시정해 달라고 부탁해라. 특히 책을 읽을 때는 입을 크게 벌리고 한 마디씩 한 마디씩 분명히 발음하도록 해라. 조금이라도 빠르거나 말씨가 분명하지 않으면 그 대목에서 지적해 달라고 부탁해라. 네가 혼자서 연습할 때에도 자신의 귀로 잘 들도록 해라. 발음하기 어려운 단어가 있으면 완벽하게 발음할 수 있을 때까지 연습을 하도록 해라.

4. 날마다 자기 생각을 문장으로 정리하는 훈련을 쌓아라.

사회에서 지금 일어나는 문제를 몇 가지 택하여, 그것에 대해 제기될 가능성이 있는 찬성 의견과 반대 의견을 머릿속에서 상정하여 보아라. 논쟁을 될 수 있는 대로 품위 있는 영어로 고쳐 보는 것도 좋은 공부가 될 것이다.

예컨대 상비군의 존재 여부에 대해서 생각해 본다고 하자. 반대 의견의 하나로는 막강한 군사력으로 인해 주변 국가들에게 위협을 줄 염려가 있다고 하는 견해가 있을 것이다. 찬성 의견 중 하나로는, 힘에는 힘으로 대항할 필요가 있다는 견해가 있을 것이다. 이와 같은 찬반양론을 생각해 볼 수 있는 한 생각해 보아라. 이를테면 본질적으로 바르지 못한 상비군을 갖는다는 것이 상황에 따라서는 다른 나라의 악을 방지하는 필요악이 될 수 있는가 어떤가를 차분히 생각해 보는 것이다. 그렇게 함으로 해서 자기 나름대로의 생각을 정리하여 그것을 되도록 아름답고 품위 있는 문장으로 정리해 보면 좋다. 그렇게 하면 토론의 연습이 되고, 언제나 능숙하게 이야기를 잘 하는 습관을 몸에 익히는 데에도 도움이 될 것이다.

5. 먼저 상대편은 무엇을 바라고 있는가를 생각해라.

무엇보다도 사람을 제압하려면 상대방을 과대평가하지 않는 것이 중요하다고 말한 적이 있다. 연설에서 청중을 기쁘게 하려면 청중을 과대평가하지 않는 것이 중요하다. 나역시 처음으로 상원 의원이 되었을 때에는 의회가 존경받을 만한 사람들만 모여 있는 곳이라는 생각이 들어, 일종의 위압감을 느꼈다. 하지만 그것도 잠시일 뿐, 의회의 실정을 알고 나자 그런 생각은 곧 사라져 버렸다. 나는 알았다, 560명의 의원들 중에 사려 분별이 있는 사람은 기껏해야 30명 정도이고, 나머지는 거의가 평범한 인간에 가깝다는 것을 말이다. 그리고 품위가 넘치는 말씨로 다듬어진 내용이 풍부한 연설을 원하고 있는 것은 그 30명 정도의 의원들뿐이고, 나머지 의원들은 내용은 어떻든 간에 듣기에 좋은 연설을 들을 수 있다면 만족해한다는 것을 알았다. 그러한 사실을 알고부터는 연설할 때마다 긴장하는 일도 적어지고, 마지막에는 청중을 거의 의식하지 않고 오로지 이야기의 내용과 화술에만 정신을 집중시킬 수 있게 되었다. 웅변가는 기술이 뛰어난 제화공과 닮은 것 같다. 즉, 웅변가나 제화공은 상대편에게 어떻게 하면 맞출 수 있는가를 터득하고 나면, 그 다음부터는 기계적으로 할 수 있다.

프랑스의 작가 라블레Rabelais도 최초의 걸작은 어느 누구에게도 인정을 받지 못했다. 독자의 기호에 맞추어 『가르강튀아와 팡타그뤼엘(Gargantua and Pantagruel)』을 씀으로 해서 비로소 독자들의 갈채를 받았던 것이다.

제6장
자신의 이름에 자신과 긍지를 가져라

1. 신중하게 서명을 하여라.

네가 지난번에 청구한 것이라고 하면서 액면 90파운드짜리 청구서가 나에게로 왔는데, 나는 그 순간 지불을 거절할까도 생각했었다. 왜냐하면 돈의 액수가 문제되어서가 아니었기 때문이다. 또한 이런 경우에는 미리 내게 상의하는 편지를 보내 주는 것이 관례로 되어 있는 데도 불구하고 네가 이 청구에 대해서 편지 한 장 보내 주지 않은 것이 그 이유 중의 하나였기 때문이다. 그렇지만 그것보다 더 언짢았던 것은 너의 서명이 어디에 있는지 알 수가 없었던 것이다. 청구서를 가지고 온 사람이 가리키는 곳을 확대경으로 비춰 보고서야 비로소 너의 서명이 맨 구석에 있는 것을 발견했다. 처음에는 글씨를 쓸 줄 모르는 사람의 서명인가 생각했는데,

뜻밖에도 너의 서명이었다. 나는 그렇게 작고 초라한 서명을 지금까지 본 적이 없다. 적어도 비즈니스 세계에 몸을 담고 있는 사람은 언제나 똑같은 서명을 하는 것이 관례로 되어 있다. 그렇게 함으로써 자신의 서명에 익숙해지고, 가짜가 통용되는 것을 미리 막을 수 있는 것이다. 그리고 흔히 서명할 때는 다른 글자보다는 약간 크게 쓴다. 하지만 너의 서명은 다른 글자보다도 작았고, 몹시 보기 흉하였단다. 나는 그 서명을 보고서, 이런 글씨를 쓰고 있는 동안에 너의 신변에 일어날 수 있는 여러 가지 좋지 않은 사태들을 상상하게 되었다. 각료에게 이런 서명을 한 편지를 보낸다면, 이것은 보통 사람이 쓰는 글씨가 아니고, 기밀문서일지도 모른다는 생각에서, 암호 해독 담당자에게 보내졌을 것이 틀림없다.

2. 서둘러라, 하지만 당황하지 말라.

너는 당황했기 때문에 그런 서명밖에 할 수 없었다고 변명할지도 모르겠다. 그렇다면 무엇 때문에 당황하고 있었느냐? 지성인이란 서두르는 경우는 있어도 당황하는 일은 없다. 그것은 당황하면 일을 그르친다는 것을 알고 있기 때문이다. 따라서 서둘러서 일을 마무리 짓는 일은 있어도, 서두름으로써 일이 부실하게 되지 않도록 항상 신경을 쓰고 있어야 한다.

소심한 사람이 당황해하는 것은 부과된 일이 힘에 부친다는 것을 알았을 때이다. 자신의 힘으로는 어찌할 도리가 없다고 생각하기 때문에 당황해서 이리저리 뛰어다니고, 고민을 하다가, 결국 혼란에 빠져서 뭐가 뭔지 모르게 된다. 따라서 이것저것 모두 한꺼번에 해치워 버리려고 하기 때문에 어느 것에도 손을 댈 수 없게 되는 것이다. 그런데 분별이 있는 사람은 다르다. 손을 대려고 하는 일을 완전히 끝마치는 데 필요한 시간을 미리 계산해 두었다가, 서두를 때도 한 가지 일을 일관해서 서둘러 마무리 짓는다. 요컨대 서둘러도 언제나 냉정 침착하여 허둥거리는 일이란 없으며, 한 가지 일을 끝맺기 전에는 다른 일에 손을 대지 않는 것이다. 할 일이 많아 시간을 충분히 낼 수 없다는 것은 너 자신도 잘 알고 있다. 그러나 일을 아무렇게나 하려면 차라리 절반은 완벽하게 하고, 그 나머지 절반은 손을 대지 않은 채로 그대로 두는 편이 훨씬 낫다. 그리고 항간의 교양 없는 인간으로 오인 받을 정도의 글씨를 쓰는 어리석음, 그런 품위 없는 짓을 해서 몇 초간의 시간을 벌었다고 해도, 그 시간은 아무런 도움도 되지 않는 것을 너는 확실히 기억해 두어야 한다.

제6부

어떻게 우정을 키워나갈 것인가?

홀로서는 너에게

제1장
친구는 너 자신의 인격을 비추는 거울이다

1. 친구는 바로 너 자신의 인격이다.

너에게 이 편지가 도착할 무렵이면 너는 베니스에서 흥청거리며 소모적인 사육제를 지내고 난 뒤, 트리노로 거처를 옮겨 공부에 열중하고 있을 것이다. 트리노에서의 체류가 너의 공부에 도움이 되고, 또 실력을 그만큼 끌어올려 주기를 빌고 있으며, 또 그렇게 되어주지 않으면 딱해진다. 그렇지만 나는 솔직히 말해서 전에 없이 너를 걱정하고 있단다. 들리는 소식에 따르면, 트리노의 전문학교에는 평판이 좋지 못한 영국인이 적지 않게 있다고 하는구나. 혹시 지금까지 네가 힘써 쌓아올린 것을 무너뜨리지나 않을까 하고 걱정이 되어 견딜 수가 없구나. 나는 그들이 어떤 사람들인지는 모르지만, 그들은 떼를 지으면 거칠고 난폭한 행동을 하기도 하고, 무례한 행동을 하기도 하여, 마음의 편협함을 드러내고 있다는 이야기도 들린다. 자기 동료들 사이에서만으로 그런 짓거리들은 그쳐 주었으면 좋으련만, 그것으로 만족하는 인간들은 아닌 듯 싶구나. 그들은 자기들의 패거리에 가입하라고 압력을 가하거나, 집요하게 권유를 계속하는 모양이다. 그리고 그 일이 뜻대로 되지 않으면 이번에는 조롱이라는 수법을 쓴다고 하더구나. 그 방법이 네 나이 또래의 경험이 부족한 젊은이에게는 효과가 있을 것이다. 그것은 물리적인 압력을 받거나, 강제로 권유를 당하는 것과는 비교도 안 될 것이다. 이런 일에 말려들지 않도록 부디 조심하기 바란다.

일반적으로 보면 젊은이들은 어떤 부탁을 받으면 여간해서는 싫다고 냉정히 잘라 거절하지 못하는 법이다. 왜냐하면 싫다고 하면 체면에 관계될 것 같은 생각이 들기 때문이다. 동시에 상대편에게 미안하다는 생각도 들 것이다. 또한 친구에게서 따돌림 당하여 고립되고 싶지 않다는 생각도 들 것이다. 하지만 그런 생각 자체는 나쁜 것이 아니다. 상대편의 뜻에 맞추자, 기쁘게 해 주자고 하는 마음은 상대편이 선량한 사람이라면 좋은 결과를 낳는다. 그렇지만 그 반대인 경우에는 본의 아니게 상대편의 의사에 무조건 따라가야만 하는 최악의 사태를 가져오게 된다. 너 자신에게 만일 결점이 있다면, 그 결점만으로 만족하기 바란다. 결코 다른 사람의 옳지 못한 결점까지 흉내 내어 결점을 증가시키는 일은 하지 않도록 해라.

2. 진정한 우정은 쉽게 뜨거워지거나 식지 않는다.

온갖 부류의 사람들이 트리노의 대학에 모여 있을 것이다. 그들과 곧바로 친해질 수 있고, 또 친구도 될 수 있으리라는 것은 잘못된 생각이다. 그것은 당치도 않는 자부심이다. 진정한 우정은 그렇게 간단히 손에 들어오는 것이 아니다. 오랜 시간이 흘러서 서로를 잘 알고 이해한 후가 아니면 진정한 우정은 자라지 않는다. 그러나 그렇지 않는 허물의 가면을 쓴 우정이라는 것도 있다. 젊은이들 사이에 널리 퍼져 있는 우정이 이것이다. 이 우정은 잠시 동안은 뜨겁지만, 조금 있으면 고맙게도 식어 버린다. 우연스럽게 서로 알게 된 몇 사람의 동료와 함께 분별없는 행동을 하거나 놀이에 열중하거나 하는 일이 있을 것이다. 이는 한마디로 속성 재배와 같은 우정이다. 술과 여자와 노름으로 맺어져 있다니, 이 얼마나 알량한 우정이냐?

나는 이들이 차라리 사회에 대한 반항이라도 하면서, 받아들여야 할 것은 받아들이는 편이 애교가 있다고 생각하지만, 경박하고 분별이 없는 이들이 그런 재치를 부릴 줄 알 턱이 없다. 값싼 자신들의 관계를 우정이라고 부르면서 함부로 돈을 서로 빌리고 빌려 주며, 친구를 위한다고 스스로 분쟁에 끼어들어 싸움질을 일삼는다. 이런 부류의 사람들은 어떠한 관계로 사이가 나빠지면 이번에는 손바닥을 뒤집듯이 상대편의 과오를 헐뜯으며 돌아다닌다. 또한 이들은 일단 사이가 벌어지고 나면 두 번 다시 상대편을 생각해 주는 일은 없다. 따라서 지금까지의 신뢰 관계를 배반하고 계속 적대시한다. 네가 여기에서 한 가지 주의해야 할 것이 있다. 그것은 친구와 놀이 상대는 다르다는 점이다. 함께 있으면 즐겁다고 해서 반드시 좋은 친구라고는 볼 수 없다. 오히려 그 반대이며, 대다수가 친구로서는 적합하지 않은 인물인 경우가 많이 있는 법이다.

3. 보잘 것 없는 사람이라도 적으로 삼지 말라.

　어떤 친구를 사귀고 있는지 보면 그 사람의 평가는 어느 정도 결정되어진다고 해도 그렇게 틀린 말이 아니다. 이 말은 이치에도 어긋나지 않는다. 부도덕한 사람이나 어리석은 사람을 친구로 가지고 있는 사람은 그 사람도 떳떳하지 못한 행동을 하고 있는 것이 아닐까? 다른 사람에게 밝히고 싶지 않은 비밀 같은 것이 있지 않을까? 하고 의심을 받는 것이다. 하지만 여기에서 조심하지 않으면 안 되는 것은, 부도덕한 사람이나 어리석은 인간이 접근해 왔을 경우, 눈치를 채지 않게 몸을 피하는 것은 당연한 일이지만 너무 필요 이상으로 냉정하게 대하여 적을 만들어서는 안 된다는 점이다.
　친구로 사귀고 싶지 않은 사람은 얼마든지 있겠지만, 그렇다고 해서 그들을 적으로까지 만들어서는 득이 되지 않는다. 내가 만약 그런 입장에 놓인다면 적도 아니고 내 편도 아닌, 중간적인 입장을 택하겠다. 이것은 안전한 방법이다. 악한 행위나 어리석은 행위는 미워하지만, 인간적으로는 적대시하지 않는다. 여기서 중요한 점은 상대편이 누구이든 간에, 말해서 좋은 것과 말해서는 안 되는 것, 해서 좋은 일과 해서 안 되는 일을 분별하여 자기 자신을 통제하는 일이다. 분별 있는 척하는 것은 가장 위험하다. 상대편에게 불쾌감을 주고, 사실은 그렇지 않다고 변명할 경우에는 오히려 상대를 화나게 만들어 버리는 셈이 된다. 참된 의미에서 사물을 정확히 분별하고 있는 사람은 드물다. 대부분은 쓸데없는 일에 마음을 빼앗겨 굳게 입을 닫아 버리거나, 반대로 자기가 알고 있는 것과 생각하고 있는 것을 남김없이 드러내어 적을 만들어 버리기 일쑤이다.

제2장
누구와 사귀어야 자기 자신이 발전하는가

1. 자기 자신보다 훌륭한 사람들과 사귀어라.

우정에 대한 이야기는 이 정도로 해 두고, 이번에는 어떤 사람과 교제하는 것이 바람직한 것인가에 대해서 이야기를 하겠다.

첫째로, 될 수 있다면 자기 자신보다 훌륭한 사람들과 사귀도록 노력해라. 훌륭한 사람들과 사귀면 자기도 그 사람들과 똑같이 훌륭하게 된다. 이와 반대로, 자기보다 못 한 사람과 사귀면 자기도 그 정도의 인간이 되어 버린다. 앞에서도 말했듯이, 사람은 사귀는 상대에 따라서 그와 같이 달라지는 법이다. 내가 여기에서 훌륭한 사람이라고 말하는 것은, 가문이 훌륭하다든가 지위가 높다든가 하는 의미는 아니다. 내용이 있는 사람들, 이를테면 세상 사람들이 훌륭하다고 생각하는 사람들을 가리키는 것이다.

'훌륭한 사람'은 대략 두 종류가 있다. 먼저 사회에서 주도적인 역할을 하고 있는 사람, 사교계에서 화려하게 활동을 하고 있는 사람 등 사회적으로 훌륭한 사람들과, 다음으로 특수한 재능이나 특징이 있는 사람, 즉 특정 분야의 학문이나 예술에 두각을 나타낸 사람 등 한 가지 점에서 두각을 나타내고 있는 사람들을 가리킨다. 그렇다고 해서 자기 혼자만 그렇게 생각하고 있어서는 안 된다. 세상 사람들이 모두가 훌륭하다고 인정해 주어, 그렇게 부르고 있는 사람들이어야 한다. 예외적인 인물이 거기에 몇 사람인가 포함되어 있는 것은 관계가 없다. 오히려 그런 편이 바람직하다고 하겠다.

교제를 하는 데 적합한 그룹이라는 것은, 단순한 뻔뻔스러움만을 가지고 동료로 가입하거나, 어떤 저명인사의 소개로 억지로 들어가거나 하는 갖가지 부류의 사람들이 뒤섞인 집단인지도 모른다. 하기야 가지가지 인격을 가진 사람이나 도덕관을 가진 사람을 자세히 살펴보는 것은 즐겁고 유익하다. 거기에다 그 대다수의 사람들이 우수한 것만큼은 사실이다. 눈살을 찌푸려야 할 만한 인물은 좀처럼 가입할 수가 없다. 그런 의미에서 말한다면 신분이 높은 사람들만의 모임은 그 지방에서 훌륭하다고 인정을 받고 있지 않는 한, 바람직하다고는 말할 수 없다. 왜냐하면 신분이 아무리 높아도 머리가 비어 있는 사람, 상식적인 예의범절도 모르는 사람, 취할 점이 아무것도 없는 사람이 있기 때문이다. 또한 학식이 풍부한 사람들만이 모인 그룹도 마찬가지다. 세상에서 정중한 대접을 받거나 존경을 받는 것은 사실이지만, 교제하기에 적합한 그룹이라고는 말하기 곤란하다. 앞에서도 자세히 말한 바 있지만, 그들은 마음 편하게 행동할 줄을 모른다. 그리고 세상사를 모른다. 알고 있는 것은 오직 학문뿐이다.

지금 그러한 그룹에 들어갈 만한 실력이 너에게 있다면, 가끔씩 얼굴을 내미는 것은 대단히 현명한 일이라고 생각한다. 그 일로 너의 평판이 올라가면 갔지 내려가는 일은 없을 것이다. 하지만 무작정 그 속에 빠져드는 것은 좀 생각할 문제이다. 왜냐하면 세상 물정 모르는 학자의 한 패거리라고 오해받아, 사회에서 활약할 때 장애가 되기 때문이다.

2. 거리를 적당히 두고 교제하는 방법도 중요하다.

　재주가 많은 인물, 또는 시인은 대부분의 젊은이들이 함께 있기를 바라고 열중하는 상대가 아닐까? 자기에게도 그러한 재주가 있으면 더 할 수 없이 즐거울 것이고, 그렇지 못한 젊은이는 재주 있는 사람과 교제하고 있는 것을 자랑으로 느낄 것이다. 그러나 그러한 재주가 많은 매력적인 인물과 교제할 경우라도 흠뻑 빠져 들어가서는 안 된다. 판단력을 잃지 말고 적당히 교제하는 것이 바람직한 방법이다.
　재치라는 것은 사람들이 그다지 기꺼이 받아들이는 것은 아니다. 아니, 반대로 두려움을 일으키게 하는 경우도 있다. 보편적으로 주위에 사람의 눈이 있을 때에는 사람들은 날카로운 재치를 두려워하는 것과 비슷하다. 언제 안전장치가 벗겨져서 총알이 자기 쪽을 향해 날아오지 않을까 하고 두려워하는 것이다. 그래도 이런 사람들과 서로 알게 되고 가깝게 지낸다는 것은 그 나름대로 의미가 있는 일이며, 또한 즐거운 일이다. 단지 매력이 있다 해서 다른 사람들과 어울리는 것을 일체 그만두고, 그 사람들하고만 사귄다는 것은 조금은 생각해 보아야 할 문제가 아닐까 하는 염려가 되는구나.

3. 너의 결점까지 칭찬하는 사람은 멀리하라.

네가 어떤 일이 있어도 피해야 할 것은 수준이 낮은 사람과 사귀는 일이다. 이를테면 인격적으로 수준이 낮고, 덕이 부족하고, 지적 수준이 낮고, 사회적 지위도 낮은 사람, 또한 자기 자신은 아무것도 내세울 만한 장점이 없고, 너와 사귀고 있는 것만을 자랑스럽게 여기고 있는 그런 사람들이다. 그런 사람은 너를 붙잡아 두기 위하여 너의 결점까지도 전부 칭찬할 것이다. 그러한 부류의 사람하고는 결코 사귀어서는 안 된다. 내가 이렇게 당연한 일에까지 충고를 하는 것에 너는 놀라지 않았느냐? 다시 말하지만 나는 수준이 낮은 사람과 사귀어서는 안 된다고 충고를 하는 것이 전혀 불필요하다고는 생각지 않고 있단다. 왜냐하면 분별도 있고 사회적인 위치도 확고한 분들이, 그런 수준이 낮은 사람과 어울림으로써 신용을 떨어뜨리고 타락해 가는 모습을 나는 이 눈으로 너무도 많이 봐 왔기 때문이다.

여기에서 가장 문제가 되는 것이 허영심이다. 인간은 허영심 때문에 잘못된 일들을 수 없이 저질러 왔고, 어리석은 행동을 하기에 이르렀다. 어느 면으로 보나 자기보다 수준이 낮은 사람과 사귀는 것도 이 허영심 때문이다. 사람이란 자기가 속한 집단에서 최고가 되기를 바라는 법이다. 그런 쓸데없는 찬사를 듣고 싶기 때문에 수준이 자기보다 낮은 사람들과 사귀게 되는 것이다. 너는, 그 결과가 어떻게 되리라고 생각하느냐? 결국 자기도 그 사람과 똑같은 수준이 되어, 보다 훌륭한 사람과 사귀려고 해도 그 뜻을 이루지 못하게 되고 만다. 다시 강조해 말하지만, 사람은 사귀고 있는 상대와 같은 수준까지 올라가기도 하고 내려가기도 한다. 네가 사귀고 있는 상대를 보고 사람들은 너를 평가하는 것이다.

제3장
교제는 굳은 결의와 의지를 필요로 한다

1. 자신감을 갖고 부딪쳐라.

나는 내가 처음으로 사교계에 나가서 훌륭한 사람들을 소개받았을 때의 일을 지금도 또렷이 기억하고 있다. 그 당시 케임브리지 대학의 학생 티를 벗지 못했던 나는 눈앞에 있는 어른들이 눈부시고 어렵게만 여겨져, 제대로 몸조차 가누지 못하고 움츠리고 있었다. 나 자신에게 우아하게 행동해야 한다고 타일러 보았지만, 절하는 것조차 남보다 머리가 조금 낮을 뿐 부자연스럽게 굳어져서 누가 말을 건네 오거나 내가 말을 건네려 해도, 손도 발도 입도 말을 듣지 않았다. 더욱 나는 귓속말로 뭔가 소곤거리고 있는 사람들의 모습이 눈에 띄면 나에 대한 이야기를 하고 있는 것이라고 생각되었을 뿐만 아니라, 그 자리에 있는 모든 사람들이 나를 가리켜 웃음거리로 삼거나 비판하고 있다고 생각되었다. 냉정히 생각해 보면 나 같은 풋내기 따위에게 신경을 쓸 사람이 있을 리 없었는데도 말이다. 마치 감옥살이라도 하고 있는 죄인과 같은 심정으로 나는 한참 동안 그 자리에 있었다. 나는 만일 눈앞에 있는 사람들과 사귀어서 자신을 갈고 닦으려는 굳은 의지가 없었더라면, 그 자리에서 벌써 도망치고 말았을지도 모른다. 그러나 나는 끝까지 버텨 그 자리를 떠나지 않고 있었다. 어떻게 해서든지 그 자리에 나 자신을 융화시키지 않으면 안 된다고 결심한 뒤, 이를 악물고 버티어야 했다. 그렇게 결심을 하니 마음이 조금 안정되어 가는 것을 느꼈다. 그래서 조금 전과 같이 보기 어색한 짓은 하지 않았다. 어느 누가 말을 건네도 우물거리거나 더듬거리지 않게 되었다.

2. 자기 스스로 좋은 기회를 만들어 가야 한다.

　사교장에서 내가 곤혹스러워져 어쩔 줄을 모르고 있는 모습을 목격한 사람들이 가끔 내 곁에 와서 말을 건네주었다. 그 때 나는 '천사가 나를 위로하고 용기를 북돋우어 주려고 와 준 것이다.'라고 생각했다. 따라서 조금씩 용기가 솟았다. 나는 매우 품위가 있어 보이는 어떤 부인 앞으로 가서 용기를 내어,
　"오늘은 날씨가 좋습니다."
　라고 말을 건넸다. 그러자 이 부인은 내게 매우 정중하게,
　"나도 그렇게 생각합니다."
　라고 대답하여 주었다. 그러고는 대화가 끊어졌는데, 나로서는 더 이상 계속할 말을 떠올릴 수가 없었다. 그 때 그 부인이 다시 입을 열었다.
　"너무 긴장하실 필요는 없어요. 지금도 내게 말을 거는 데 상당한 용기가 필요하셨던 것 같이 보이네요. 그렇지만 그렇다고 해서 여기에 있는 분들과의 교제를 단념하려고 생각해서는 안 됩니다. 다른 분들도 다 알고 계세요. 당신이 허물없이 어울리려고 노력한다는 것을요. 바로 그 마음이 소중한 거예요. 그 다음은 방법만 몸에 익히는 거예요. 당신은 스스로 자신이 생각하고 계시는 것보다 사교에 서투른 분이 아니에요. 사교에 익숙해지면 곧 훌륭하게 되실 수 있어요. 저

에게 배우고 싶으시다면 애제자로 삼아 친구들에게 소개를 해 드릴 수 있습니다만……"

내가 이 말을 듣고 얼마나 기뻐했는지 너는 상상할 수 있겠느냐? 그리고 또 내가 얼마나 어색하게 대답했는가도. 나는 두세 번 헛기침을 했다. 그렇게 하지 않고서는 목에 무엇인가가 걸린 것 같은 느낌이어서 제 목소리를 낼 수가 없었다. 나는 간신히 입을 열었다.

"그 말씀 진정으로 감사합니다. 제가 제 행동에 자신을 가질 수 없는 데는 이유가 있어서입니다. 그것은 훌륭한 분들과 함께 하는 데 익숙해 있지 않기 때문입니다. 하지만 저의 선생님이 되어 주신다면 기꺼이 받아들이겠습니다."

더듬거리는 나의 말이 미처 끝나기도 전에 그 부인은 서너 명을 불러 모아서 프랑스어로 이렇게 말했다.

"여러분, 이 젊은 분의 교육에 대해 내가 담당을 맡게 되었답니다. 그것을 이분은 무척 기뻐하고 계세요. 이분은 틀림없이 내게 호감을 느끼셨던 모양이에요. 그렇지 않았다면 내게 찾아와서 떨리는 마음을 억누르면서까지 용기를 내어, 말을 걸어 주시지 않았을 거예요. 모두 노력해서 이 젊은 분에게 용기를 갖도록 도와주기로 해요. 이분에게는 본보기가 필요해요. 만일 내가 적절한 본보기가 못 된다고 생각되시면 다른 분을 찾으시겠지요. 하지만 그렇다고 해서 오페라 가수나 여배우 같은 사람을 택해서는 안 되겠지요. 그런 분들과 함께 어울리면 세련되기는커녕 재산은 물론 건강까지도 해

치며, 타락하게 될 테니까요."

그 자리에 있었던 서너 사람들이 뜻하지 않은 이야기를 듣고 웃었다. 아예 나는 무표정으로 서 있었다. 그 부인이 진심으로 말하고 있는 것인지, 아니면 나를 놀리고 있는지 알 수가 없었기 때문이다. 나는 기쁘기도 하고, 부끄러운 생각이 들기도 하고, 용기를 얻기도 하고, 실망하기도 하면서 그냥 우두커니 듣고만 있었단다.

3. 의욕과 끈기가 교제에도 필요하다.

뒷날 알게 된 사실이지만 이 부인이 소개해 준분들 모두는 나를 다른 사람들 앞에서 정말로 친절하게 감싸주었다. 나는 점점 자신을 가지기 시작했다. 비로소 우아하게 행동하는 것이 부끄럽지 않게 되었다. 그리고 나는 모범이 될 만한 것을 발견하면 열심히 그것을 따랐다. 따라서 곧 보다 자유로운 기분으로 따라할 수 있게 되었고, 결국 그 모방에 내나름대로의 방법을 첨가시킬 수 있게 되었던 것이다.

너 역시 다른 사람들로부터 호감을 사는 사람이 되고 싶고, 사회에서 남 못지않은 일을 하고 싶다는 결심이 서면 무엇이든지 간에 못 하는 일이 없을 것이다. 하고자 하는 굳은 의욕과 끈기만 있다면 말이다.

제4장
사람의 진면목을 볼 수 있는 안목을 키워라

1. 과대평가는 결코 하지 말라.

젊은 사람들은 보고 듣는 것 모두를 과대평가하기 쉬운 경향이 있다. 그것은 진실을 모르기 때문이다. 진실을 알게 되면 그 평가는 점점 떨어지게 마련이다. 인간은 네가 생각하고 있는 것처럼 그렇게 이지적이고 이성적이지 못하다. 인간은 감정의 지배를 받고 너무나도 쉽게 무너져 버리는 나약함도 가지고 있는 법이다. 보편적으로 유능하다는 사람들도 절대적이 아니라는 것을 너 역시 알고 있을 것이다. 그런데도 여전히 유능하다고 하는 것은 다른 사람들과 비교해서 그렇게 평가하고 있는 것에 불과하다. 다시 말해 보통 사람들보다 결점이 적다는 이유만으로 유능하다는 말을 듣게 되고, 우위에 서 있는 것에 다름 아닌 것이다. 무엇보다 그들은 먼저 자기 자신을 억제하고 결점을 줄임으로써 수많은 사람들을 다루고 있다. 그 때 이성에 호소하여 다루는 것과 같은 못난 짓은 하지 않는다. 감정과 감각 등 다루기 쉬운 점을 교묘하게 찌른다. 그러므로 그들은 실패하는 경우가 거의 없다. 하지만 다시 한 번 멀리서 살펴보면, 사람들이 위대하며 완벽하다고 생각하고 있는 사람들에게도 결점이 있다는 것을 쉽게 알 수 있다. 바로 저 위대한 브루투스Brutus도 마케도니아에서는 도둑과 비슷한 짓도 하였고, 프랑스의 정치가이며 추기경인 리슐리외Richelieu도 그렇다. 자신의 시 쓰는 재능을 사람들에게 조금이라도 높게 평가받으려고 보기에도 좋지 않은 짓을 하지 않았던가!

과연 인간이란 무엇인가를 네 자신의 눈으로 직접 알 수 있게 될 때까지는, 라 로슈푸코La Rochefoucauld 공작의 『격언집(Maxims)』을 읽는 것이 좋겠다. 그 책만큼 인간에 대하여 많은 것을 일깨워 주는 책은 없다. 이 소책자를 날마다 잠깐이라도 좋으니 읽기 바란다. 나는 이 책만큼 인간의 있는 그대로의 모습을 정확히 파악하고 있는 책은 드물다고 믿는다.

이 책을 읽으면 너 역시도 인간을 필요 이상으로 과대평가하는 일은 없게 될 것이다. 그렇다고 해서 인간을 부당하게 과소평가하고 있는 책은 아니다. 그것은 내가 보증할 수 있다.

2. 쾌활함과 패기를 젊은이답게 살려라.

언제나 네 나이 또래의 젊은이들은 힘이 넘쳐흐르고 있
다. 그래서 길을 열어 주지 않으면 어느 방향으로 갈지 알
수 없으며, 자칫하면 넘어져 목뼈가 부러질 염려까지 있다.
그러나 이 무모한 젊음도 비난만 받는 것은 아니다. 거기에
신중함과 자제력만 더 해지면 사람들로부터 환영을 받는 수
도 있다. 그러므로 젊은이 특유의 들뜬 마음은 접어두고, 젊
은이다운 쾌활함과 패기를 지니고 당당히 사람들 속으로 들
어가라. 비록 젊은이의 변덕은 고의적이 아니더라도 상대편
을 화나게 하는 수가 있지만, 발랄하고 씩씩한 모습은 사람
의 마음을 사로잡을 수가 있다. 그리고 무엇보다도 만나야
할 사람들의 성격이나, 그가 지금 어떤 상황에 놓여 있는가
를 될 수 있으면 미리 살펴 두는 것이 좋다. 그렇게 해 두면
마구잡이로 이것저것 지레짐작을 하면서 말을 하지 않아도
된다.

될 수 있으면 미리 네가 앞으로 알게 될 사람들 가운데는
마음씨가 좋은 사람들뿐만 아니라, 좋지 않은 사람들도 그
이상으로 많이 있을 것이다. 그리고 남을 비판하기 좋아하는
사람도 많지만, 그보다도 더 비판을 받아 마땅한 사람도 많
이 있다. 그러한 사람들에 대해서는 그 자리에 함께 있는 대
부분의 사람들에게 해당되는 장점을 칭찬해 주거나, 단점을

옹호해 주는 것이 좋다. 그럼으로써 그것이 아무리 보편론에 지나지 않더라도 자기에게 향한 말이라고 생각하여 기뻐할 것임에 틀림없다.

  3. 실패와 좌절감은 인생 최고의 스승이다.

  특히 사람이란 자기보다 우월한 사람들 속에 끼어 있으면 언제나 다른 사람들이 자기만을 주목하고 있는 것 같은 느낌이 드는 법이다. 다른 사람들이 자기네끼리 뭐라고 소곤거리면 자기에 대해 말을 하고 있는 것이라고 여기며, 웃고 있으면 자기를 웃음거리로 삼고 있는 것이라고 생각하기 쉽다. 그리고 뭔가 분명히 의미를 알 수 없는 말을 들었을 때에는 틀림없이 자기를 두고 한 말이라며 믿어 버린다.
  스크레브가 『계략(Stratagem)』이란 자신의 저서에서 재미있게 쓰고 있는 것처럼,
  "저렇게 큰 소리로 웃고 있는 것을 보면 틀림없이 나를 비웃고 있기 때문일 것이다."
  라고 생각하게 되는 것이다.
  훌륭한 사람들 속에 섞여서 실패를 거듭하고 좌절감을 실컷 맛보는 동안에 너도 점점 세련된 태도를 몸에 익히게 될 것이다. 남성이든 여성이든 가릴 것 없이 네 주위에서 친하

게 지내고 있는 사람 5~6명에게,

"저는 아직 젊기 때문에 경험 부족으로 해서 무례한 짓을 많이 저지르고 있다고 생각됩니다. 그 점을 발견했을 때는 사양하지 마시고 지적해 주십시오."

라고 부탁해 보는 것도 바람직하다. 그 때 지적을 받으면,

"고맙습니다."

라고 덧붙이는 것도 잊지 말도록 해라.

이처럼 마음속을 숨김없이 이야기하여 상대편의 도움을 청하고 그러한 도움에 대한 고마움을 잊지 않으면, 지적해 준 사람도 흐뭇하게 생각하고는 다른 사람에게 그 이야기를 해서 너의 힘이 되도록 부탁해 줄 것이다. 그렇게 하면 많은 사람들이 친근감을 가지고 기꺼이 너의 무례한 행위나 부적절한 언동을 충고하게 된다. 그리하여 너는 점점 마음과 몸이 자유롭게 되고, 이야기를 나누는 상대나 함께 있는 상대 여하에 따라서 카멜레온처럼 변화무쌍하게 행동할 수 있을 것이라고 믿는다.

제5장
허영심을 향상심으로 업그레이드 시켜라

1. 적당한 허영심은 자기 자신을 강하게 만든다.

허영심은 어느 시대의 그 어떤 인간도 틀림없이 가지고 있는 마음이다. 이 허영심이 강해지면 어리석은 언동이나 범죄 행위를 저지르는 경우도 있다. 그러나 나는 다른 사람들로부터 칭찬을 받고 싶어 하는 감정은 자기 향상과 연결되는 것이라고 생각하고 있단다. 물론 그러기 위해서는 그것에 상응하는 사려 깊음과 향상심이 있어야 하지만, 결과적으로 본다면 이 허영심은 가지고 있어도 좋은 감정일 것이다. 다른 사람으로부터 인정을 받고 싶거나 칭찬을 받고 싶다는 감정이 없으면, 우리는 무슨 일에나 무관심해지고 아무것도 할 의욕이 없어지고 만다. 그리고 실제로 아무것도 하지 않게 된다. 그렇게 되면 자기가 가지고 있는 재능을 발휘할 수도 없다. 그리하여 실력 이하로 보이는 것으로 만족할 수밖에 없게 된다. 그런데 허영심이 유달리 강한 사람은 다르다. 자기의 실력 이상으로 보이려고 있는 힘을 다 기울여 노력한다.

지금까지 나는 너에게 모든 것을 숨김이 없이 말해 왔고, 앞으로도 나의 결점이라고 해서 숨길 생각은 없으므로 감히 너에게 고백 하겠는데, 사실은 나 또한 허영심을 많이 가지고 있었다. 하지만 나는 이것을 유감스럽게 생각한 적은 없다.

2. 강렬한 승부욕이 자기의 능력을 이끌어낸다.

내가 사회에 첫발을 내디딜 그 당시 나의 출세욕은 이만 저만한 것이 아니었다. 나는 그 때문에 간혹 어리석은 짓을 한 적도 있었지만, 그 이상으로 현명한 행동도 했다고 생각한다. 예컨대 남성들만이 모여 있을 경우에, 이 자리에서 가장 뛰어난 사람과 똑같을 정도로 훌륭한 사람이 되자고 마음먹었던 것이다. 따라서 그 생각이 나의 잠재 능력을 이끌어 내어 최고까지는 되지 못했을망정 둘째, 셋째는 될 수 있게 하였다. 나는 마침내 모든 사람들의 시선을 받는 대상, 즉 중심적 존재가 되어갔다. 일단 그렇게 되면 하는 일들이 모두 옳다고 여겨지게 마련이다. 나는 남성을 대할 때에 상대편을 만족시키기 위하여 프로테우스Proteus처럼 변신하였다. 밝고 명랑한 사람들 사이에서는 누구보다도 밝고 명랑했으며, 위엄 있는 사람들 사이에는 누구보다도 위엄을 가지고 행동하였다. 사람들이 조금이라도 내게 호의를 보이거나, 친구로서 무엇인가를 도와주었을 때는 결코 그것을 그냥 지나치는 법이 없었다. 빈틈없이 신경을 쓰고 고마움을 잊지 않았다. 그리고 나로서도 그들과 친해지는 계기를 만들 수가 있었다. 결국 그 지방의 명사를 비롯하여 여러 계층의 사람들과 서로 가깝게 사귀게 되었다.

허영심을 '인간이 지닌 가장 천박한 마음'이라고 철학자들은 부른다. 그러나 나는 그렇게 생각지 않는다. 오히려 허영심이 있었기 때문에 현재의 '나'라고 하는 인격이 형성된 것이라고 생각하고 있다. 그리고 너에게도 젊은 날의 나와 같은 정도의 허영심이 있으면 좋겠다고 생각하고 있다. 나는 지금도 허영심만큼 인간을 출세시키는 것은 없다고 생각하고 있다.

제6장
항상 감사할 줄 아는 사람이 되어라

1. 환대를 받기 전에 예의부터 먼저 갖추어라.

며칠 전에 로마에서 갓 귀국한 분으로부터, 너만큼 환대를 받은 사람은 드물 것이라는 말을 듣고 나는 매우 기뻐하고 있다. 너는 파리에서도 틀림없이 똑같은 환대를 받을 것으로 믿고 있다. 파리 사람들은 외국에서 온 사람들, 특히 예의가 바르고 마음이 따뜻한 사람에게는 친절히 대해 준다. 하지만 그러한 호의에 마냥 좋아하고만 있으면 안 된다. 그들도 마찬가지로 자기 나라를 사랑하고 있으며, 너 자신이 자기들의 태도나 관습을 좋게 여기고 있다는 것을 알면 기뻐할 것이다. 그렇다고 해서 일부러 그러한 마음을 입 밖으로 표현하라는 것은 아니다. 그렇게 하는 것도 나쁜 것은 아니지만, 그런 마음은 행동으로 충분히 전할 수 있는 것이다.

파리에서 환대를 받으면 그 정도의 답례를 해도 좋다고 생각하는데, 네 생각은 어떤지 모르겠다. 만약 아프리카에 가서 그 곳 사람들로부터 선의의 환대를 받았다면 상대가 누구든 간에 그 정도의 감사한 마음은 나타냈을 것이다.

2. 쾌활함과 인내야말로 참된 젊음의 밑천이다.

파리 생활을 위한 너의 거처에 대해 이미 모두 마련해 놓았다. 기숙사에도 즉시 입주할 수 있게 되어 있다. 이 일에 너는 감사해야 한다. 적어도 반 년 간은 기숙사에서 생활할 수 있다는 것이 무엇을 의미하는지 잘 생각해 보아라. 우선 호텔에 묵게 되면 아무리 날씨가 나쁘더라도 매일 반드시 학교까지 가야 한다. 물론 그 시간이 낭비가 된다. 하지만 문제는 그런 데 있는 것이 아니다.

첫째, 기숙사에서 생활하게 되면 파리의 상류 사회 젊은 이들 중에서 약 반수 정도는 서로 사귈 기회가 생기는 점을 알아야 한다. 얼마 되지 않아 너도 파리 사교계에 한 구성원으로 따뜻하게 맞아들여지게 될 것이다. 그런 대접을 받을 영국인은 내가 아는 범위 내에서는 네가 처음일 것이다. 게다가 거기에 드는 비용도 얼마 되지 않기 때문에 내 호주머니에 부담이 가지 않는다. 그 점에서는 괜한 걱정은 안 해도 된다. 그보다도 너는 프랑스어가 완벽하리만큼 능숙하므로 곧 프랑스 사회에 익숙해져, 지금까지 파리에서 생활한 누구보다도 충실한 나날을 보내게 될 것이다. 그러므로 이보다 더 좋은 무엇을 바라겠는가.

유감스러운 일이지만, 프랑스로 유학을 간 영국 청년들 가운데 대부분이 프랑스어를 제대로 구사하지 못한다. 그것뿐이라면 또 괜찮지만, 사람과 사귀는 방법도 모른다. 그래서 그들은 자기표현을 제대로 하지 못하고, 그 때문에 당연히 프랑스 사회도 이해하지 못하게 된다. 그 결과는 무기력해져서 겁쟁이가 된다. 너는 겁쟁이가 되어서는 안 된다. 겁이 많고 자신이 없으면 상대가 남성이든 여성이든 간에 자기 수준 이하의 상대와 사귈 수밖에 없다. 그 어떤 일을 하든지 간에 본인이 할 수 없다고 생각하면 할 수 없게 된다는 사실을 명심해라.

'좋아, 한번 해 보자.'고 노력하면서, '할 수 있다.'고 자신에게 타이르면 어떻게든지 할 수 있게 되는 법이다. 너 역시 자주 보았을 것이다. 인간적으로 특별히 뛰어난 것도 아니고 교양도 없는데, 명랑하고 적극적이고 끈기가 있다는 것만으로 두각을 나타낸 사람들이 있다. 그런 사람들은 남성이나 여성으로부터 외면당하는 일이 없다. 어떤 어려움을 당해도 좌절하는 법이 없다. 두세 번 넘어져도 다시 일어나 또 돌진한다. 그리고 최종적으로는 처음에 세운 뜻을 끝까지 밀고 나가 관철시킨다. 참으로 훌륭하다고 말할 수 밖에 없다. 이것을 너도 본받아야 한다. 너의 인격과 교양으로 밀고 나가면 훨씬 빠르게, 훨씬 확실하게 목표에 도달할 것이라 믿는다.

3. 끝까지 체념하지 않으면 마침내 길이 열린다.

사회생활에서는 재능이 있어야 한다는 것이 첫 번째 조건이다. 거기에다 자기 생각을 확실하게 갖고, 그것을 다른 사람 앞에서 불필요하게 드러내지 않으며, 확고한 의지와 불굴의 끈기가 있으면 무서울 것이 없다. 불가능에 일부러 도전할 필요는 없지만, 가능한 일이라면 온갖 방법과 수단으로 도전하면 마침내 길이 열리는 법이다. 한 가지 방법으로 안되면 다른 여러 가지 방법을 시도하여, 상대에 알맞은 방법을 찾아내면 좋다. 역사를 조금 거슬러 올라가서 생각해 보면, 강력한 의지와 끈기로 인해 자신의 뜻대로 일을 성공시킨 사람이 생각보다 많다는 사실을 알게 될 것이다.

예를 들면, 이탈리아에서 프랑스로 귀화한 정치가였던 마자랭Mazarin과 몇 번인가의 교섭 끝에 피레네 조약을 채결한 재상 돈 루이 드 알로가 바로 그 사람이다. 그는 타고난 냉정함과 끈기로 교섭을 유리하게 이끌었는데, 중요한 몇 가지는 단 한 걸음도 양보하지 않고 합의에 도달케 했던 점이었다. 마자랭은 이탈리아 사람 특유의 명랑함과 성급함이 똘똘 뭉친 인물이었다. 그러나 루이는 스페인 사람 같은 냉정하고 침착하며, 인내력을 겸비한 인물이었다. 교섭 테이블에 앉은 마자랭의 가장 큰 관심사는 파리에 있는 숙적 콩데 공이 다시 반란을 일으키지 못하도록 저지하는 일이었다. 그래서 조약 체결을 서둘러 매듭짓고 빨리 파리로 돌아가고 싶었다. 그것은 자기가 파리를 비워 두고 있으면 무슨 일이 벌어질지 알 수 없기 때문이었다.

돈 루이는 이 점을 알아차리고 콩데 공의 이야기를 교섭할 때마다 꺼내는 것을 잊지 않았다. 그 때문에 마자랭은 한때 교섭 테이블에 앉는 일조차 거부했을 정도였다. 결국 처음부터 끝까지 변함없는 냉정함으로 밀어붙인 돈 루이가 마자랭과 프랑스 왕조의 생각과 국익에 반해서 조약을 유리하게 체결하는 데 성공을 거둔 것이었다. 그렇다면 여기서 중요한 것은 불가능과 가능을 분별하는 능력이다. 오직 어려울 뿐이라면 나머지는 관철하려는 정신력과 인내력이 있으면 어떻게든 길이 열리게 마련이다. 말할 것도 없이 그에 앞서 깊은 주의력과 집중력이 요구되는 것은 더 말할 필요도 없단다.

제7부

최고 강자를 만드는 인간관계의 비결

제1장
신뢰받을 수 있는 인간관계의 대원칙을 세워라

1. 상대를 기쁘게 해 주려는 마음부터 가져라.

앞에서 이미 어떠한 사람들과 교제를 해야 하는가를 이미 말했으니, 오늘은 그 사람들과 교제하는 데 있어서 어떠한 행동을 하면 좋은가에 대해서 말하고 싶다. 긴 세월 동안의 내 경험을 통하여 얻은 관찰 결과이니, 조금은 너에게 도움이 되리라고 믿는다.

우선 너에게 특별히 말해 두고 싶은 점은, 아무리 훌륭한 사람들과 깊은 관계를 맺는다 해도, 상대를 기쁘게 해 주려는 네 마음이 없으면 아무런 소용이 없단다. 너는 언젠가 스위스를 여행하고 있을 때 친절한 대접을 받게 되어 아주 기뻤다는 내용의 편지를 내게 보내 온 일이 있지 않았느냐. 그때 나는 너에게 친절하게 해 주신 분들에게 감사의 편지를 써 보냈고, 동시에 너에게도 다음과 같은 편지를 써 보냈는데, 지금도 기억이 나느냐?

'다른 사람이 만약 너를 염려해 마음을 써 준 것이 그렇게 기쁘다면 너도 다른 사람에게 그렇게 마음을 써 주어라. 네가 마음을 써 주고 친절하게 해 주면 해 줄수록 상대도 똑같이 기뻐하는 법이란다.'

라고 말이다. 이것이 사람과 교제하는데 꼭 필요한 최상의 원칙이 아니겠느냐? 사람이란 누구나 자기가 사랑하는 사람이나 좋아하는 친구에 대해서는 기꺼이 나서서 염려하고 기쁘게 해 주어야겠다는 마음이 생기는 법이란다. 이런 마음이 생기지 않으면 실제로 사람들을 기쁘게 해 줄 수가 없다. 인간관계의 가장 큰 원칙은 상대편을 생각하는 마음이다. 그 마음이 있으면 어떠한 언동을 취해야 좋은가를 저절로 알 수 있게 된다. 사람을 기쁘게 해 주고자 하는 마음은 누구나 가지고 있다. 그렇지만 사람과 사귀는 가운데 실제로 사람을 기쁘게 해 주는 방법을 알고 있는 사람은 드물단다. 부디 너는 이 점을 명심해 주기 바란다. 그렇다고 해서 어떤 특별한 방법이 따로 있는 것은 아니란다.

내가 한 가지만 말할 수 있는 것은, 다른 사람이 너에게 해 주어서 기쁜 것을 다른 사람에게 너도 똑같이 해 주라는 것이다. 곰곰이 생각해 보면 알 수 있다. 너에게 다른 사람이 어떻게 해 주었을 때 네가 기뻤는가를 말이다. 그것을 알았으면 너도 그렇게 똑같은 일을 하면 된다. 그러면 상대편도 틀림없이 기뻐할 것이다.

그럼 지금부터 실제로 상대편을 기쁘게 해 주는 올바른 교제를 하기 위해서는 어떤 점에 조심하면 좋을 것인가에 대해 알아보자.

2. 자기 혼자 대화를 독점하지 말라.

먼저 말을 잘 하는 것도 좋지만, 혼자서 쉴 새 없이 떠들어대는 것은 좋지 않다. 만일 혼자서 오랫동안 하지 않으면 안 될 때가 생기면, 적어도 듣고 있는 사람을 지루하지 않도록 하고, 또 될 수 있으면 상대가 즐겁게 들을 수 있도록 마음을 써야 한다. 주의할 점은 그것도 최소한으로 해 두는 것이 바람직하다. 대화라고 하는 것은 혼자 독점하는 것이 아니다. 즉, 너 혼자서 모든 사람들의 몫까지 차지해서는 안 된다. 특히 각자 자기의 몫을 차지할 능력이 있을 경우에는 너는 네 몫만 차지하면 된다.

어떤 모임에서 혼자 계속 지껄이는 사람을 흔히 보게 되는데, 그런 사람은 대개가 딱하게도 그 곳에 있는 누군가 한 사람, 그것도 대개는 가장 말수가 적은 사람이든가, 혹은 우연히 옆자리에 앉아 있는 사람을 붙잡고서 약간 작은 목소리로 속삭이면서 잇따라 말을 계속 이어간다. 이러한 행동은 예절에 매우 어긋나는 일이라고 생각하지 않느냐? 그런 짓은 결코 떳떳하고 바른 태도라고는 할 수 없다. 대화라는 것은 공동으로 만들어 내는 모두의 것이다. 하지만 만약 이와 반대로 너 자신이 그러한 지각이 전혀 없는 사람에게 붙잡혔을 때, 그것을 참을 수밖에 없는 상대라면 어쩔 수 없다. 겉으로는 적어도 그 사람에게 주의를 기울이고 있는 척하며 가만히 참고 있어야 한다. 드러내 놓고 거절해서는 안 된다. 그 사람에게 있어서는 네가 조용히 귀를 기울여 주는 것보다 기쁜 일은 없다. 또한 이야기 도중에 등을 돌리거나, 아주 참기 힘든 표정을 짓고 듣는 것만큼 모욕적인 것은 없단다.

3. 화제를 상대에 따라서 선택하라.

이야기 내용, 다시 말해 화제는 가능하다면 그 곳에 모인 사람들이 모두 좋아할 만한 유익한 것을 선택하는 것이 바람직하다. 즉, 역사 이야기나 문학 이야기 및 다른 나라 이야기 등은 날씨 이야기나 옷 이야기나 떠도는 소문 같은 것보다는 훨씬 유익하고 즐거울 것이다. 가볍고도 익살스러운 이야기가 필요할 경우도 있다. 이는 내용적으로는 아무 소용이 없는 이야기이지만, 여러 부류의 사람들이 모였을 때는 공통의 화제로서는 대단히 적절하다. 그럴 경우에 잠깐 재치 있는 화제를 꺼낼 수 있다는 것은 조금도 부끄러운 일이 아니다. 음식에 관한 이야기를 가볍게 한다거나 술의 향기나 제조법으로 화제를 돌린다면 매우 세련된 풍류일 것이다.

새삼스럽게 상대에 따라서 화제를 바꾸라는 권고 따위는 또다시 너에게 말할 필요조차도 없을 것이다. 너는 누가 가르쳐 주지 않았다고 해서 언제나 같은 화제를 같은 태도로 꺼낼 정도의 바보는 아닐 것이다. 정치가에게는 정치가 취향의 화제가 있고, 철학자에게는 철학자 취향의 화제가 있을 것이다. 또한 여성에게는 여성 취향의 화제가 있다. 그런 것 정도는 인생 경험이 풍부한 사람이라면 너무나 잘 알고 있다. 상대에 따라서 색깔을 달리하는 카멜레온처럼 자유자재로 색깔을 바꾸거나 화제를 선택하도록 해라. 이것은 사악한 태도도, 야비한 태도도 아니다. 말하자면 사람과의 교제에 없어서는 안 될 윤활유와 같은 것이라고 생각해 주기 바란다. 그렇다고 굳이 네가 그 장소의 분위기 조성 자가 될 필요는 없다. 자기를 분위기에 맞추는 쪽이 좋다. 재빨리 그 자리의 분위기를 읽어 진지하게 되기도 하고 명랑하게 되기도 하면서, 필요하다면 농담도 하는 것이 바람직하다. 이것은 여러 사람들과 자리를 같이하고 있을 때의 에티켓과 같은 것이다. 일부러 자신이 말하지 않더라도 상대편에게 장점이 있으면 그것은 자연스레 대화 속에서 나오게 되는 법이다.

만약 자기에게 자신 있는 화제가 없으면, 자기가 일부러 화제를 택하기보다는 다른 사람의 시시한 이야기에 잠자코 맞장구를 치는 편이 훨씬 더 바람직할 것이다. 가능하다면 의견이 대립되는 화제는 피하는 쪽이 바람직하다. 그렇지 않으면 의견을 달리하는 쪽에서 험악한 분위기가 나타나게 될지도 모른다. 의견이 서로 대립되어 논쟁이 고조될 것 같으면 얼버무리든지 기지를 발휘하여 그 화제에 끝맺음을 하는 편이 좋다.

4. 될 수 있는 한 자신의 이야기는 피해라.

그 어떤 경우에도 결코 삼가야 할 것은 자기 자신의 이야기를 꺼내는 것이다. 이런 일은 될 수 있는 한 피하도록 해라. 아무리 훌륭한 사람이라도 자기 자신의 이야기를 하다 보면 여러 가지 가면을 쓴 허영심이나 자존심이 자연스레 머리를 들고 나와서는 자리를 함께 한 다른 사람들에게 불쾌감을 주는 법이다.

자기 자신의 이야기에도 여러 가지 종류가 있다. 이야기의 흐름과는 아무 상관없는 자기 이야기를 갑자기 아무 거리낌도 없이 꺼내어, 결국에는 자기 자랑으로 끝내는 사람이 있다. 이것은 매우 예의에 어긋나는 일이다. 또한 보다 교묘하게 자기 이야기를 꺼내는 사람도 있다. 예컨대 마치 자기가 억울하게 비난을 받고 있는 것처럼 행동하며, 그런 비난은 부당하다라고 말한 뒤, 마침내 자기 자랑을 하는 것이다. 그들은 이렇게 말을 한다.

"이런 말을 하는 것은 너무나 우스워서 나도 말하고 싶지 않습니다. 사실 나는 말하지 않으려고도 했습니다. 그렇지만 너무합니다. 나 역시 내가 하지도 않은 일로 이렇게 심한 비난을 받지만 않았으면 입이 열 개라도 이런 말은 하지 않을 겁니다."

정의라는 것은 분명히 누구에게나 있다. 따라서 비난을

받으면 혐의를 벗기 위해서, 입 밖에 내지 않을 말까지 해도 된다고 주장한다면 그것까지 수긍할 수 있다. 그렇다면 이 얼마나 얄팍한 생각인가! 자기의 허영심을 위해서라면 겸손함을 내팽개쳐도 좋단 말인가! 그러한 경박스러운 행위가 어디 있단 말인가. 속셈이 분명 하지 않은가. 그런데 똑같은 자기 이야기를 하더라도 조금 더 음험하게 자기를 비하시키는 방법을 택하는 사람도 있다. 이것은 더욱 어리석은 수작이다. 그런 사람은 먼저 자기 자신이 나약한 인간이라고 고백한다. 그 다음에 자기의 불행을 한탄한 뒤, 그리스도교의 일곱 가지 덕에 맹세를 하는 것이다. 하기야 그렇게 하면서도 조금은 부끄러움이나 망설임을 느끼고 있는 것 같지만 말이다. 하지만 이런 사람들은 모르고 있다. 그처럼 불행을 한탄하여도 주위 사람들은 동정하지도 않고, 힘이 되어 주지도 않으며, 다만 곤혹스러워 하고 당황할 뿐이라는 것을 말이다. 매우 적절하게 본인들이 말하고 있는 것처럼 그들에게는 힘이 부족한 것이다. 그러니 어떻게 도와 줄 수도 없다. 그러므로 주위 사람들은 당혹해질 수밖에 없는 것이다. 그렇지만 거기까지 생각이 미치지 못하는 그들은 자기 스스로 바보 같은 짓이라는 것을 알면서도, 푸념을 할 수밖에 없는 것이다. 그들 자신도 물론 알고 있다. 자기처럼 결점이 많은 인간은 성공은커녕 사회에서 순탄하게 살아가는 것조차 어렵다는 것을 말이다. 그렇다고 해서 그들은 그 버릇을 고치지도 못한다. 그래서 힘껏 최후의 발버둥을 치면서 저항을 하고 있는 것이다. 그런 일이 있을 수 있느냐고 생각할지도 모르지만 이것은 사실이다. 앞으로 너도 이런 사람들을 만나게 될 기회가 있을 것으로 생각된다. 주의해서 잘 살펴보기 바란다.

　5. 자랑으로 칭찬받고자 하지 말라.

　하지만 이와 같이 허영심이나 자존심이 바깥으로 나타나지 않는 것은 그래도 조금은 나은 편이고, 심한 경우가 되면 정말로 시시한 것까지도 증거로 내세워서 노골적으로 자기 자랑을 늘어놓는 사람이 있다. 자신이 오직 칭찬받고자 하는 생각만으로 자기 자랑을 떠벌리는 사람을 너도 본 일이 있을 것이다. 그런데 설령 그들의 이야기가 사실이라 하더라도 그것에 의해 실제로 칭찬받는 일은 없는 것이다.
　예를 들어 말하자면, 자기와 별로 관계없는 일, 즉 자기는 저 유명한 큰 인물인 누구의 자손이라든지, 친척이라든지, 친구라고 하는 것 등을 자랑스럽게 이야기하는 사람이 있다. "우리 할아버지는 누구입니다. 백부는 누구이며, 친구는 누구누구입니다."
　라고 그칠 줄 모르고 계속 지껄여 댄다. 어쩌면 그들은 제대로 한 번 만난 적도 없는 사람들일 것이다. 그런데 그것이 정말이라고 해도 어쨌다는 말인가? 그 사람 자신이 훌륭해지는가? 자기 혼자서 술 대여섯 병을 비웠다고 자랑스럽게 말하는 사람이 있다. 그 사람을 위해서 감히 말하건대, 그것은 분명 거짓말이다. 그렇지 않다면 그 사람은 괴물임이 틀림없다.

이와 같이 예를 들자면 끝이 없을 정도로, 우리의 허영심 때문에 인간은 어리석은 말을 하거나 이야기를 과장하고 있다. 그리고 그 때문에 본래의 목적을 이루지 못하고 오히려 자기에 대한 평가를 떨어뜨리고 있는 것이다.

6. 말 없이 있어도 장점은 빛난다.

이와 같이 어리석은 행위로부터 자기를 지키는 유일한 방법은 자기 이야기를 하지 않는 것이다. 자신의 경력이나 자신의 이야기를 하지 않으면 안 될 경우에도, 자기 자랑을 하고 싶어서 이야기하고 있다고 오해받을 말은 직접적인 것이든 간접적인 것이든 일체 삼가는 것이 좋다. 선악에 관계없이 인격이라는 것은 언젠가는 알려지게 마련이다. 그러므로 일부러 자기 입으로 말할 필요가 없다. 자기의 입으로 말하면 그 결점을 숨길 수 있다든가, 장점이 더욱 빛날 것이라는 생각은 처음부터 하지 않는 것이 좋다. 그런 짓을 하면 결점은 한층 돋보이게 되고 장점은 흐려져 버린다. 아무 말도 하지 않고 가만히 있으면 오히려 그 말없는 사람에게 장점이 있다고 생각하는 법이다. 최소한 겸손하다고 생각하게 될 것은 확실하다. 불필요한 질투나 비난, 또는 비웃음을 사서 정당한 평가가 방해받는 일은 없게 된다. 하지만 제아무리 교묘하게 변장을 하고 있다 하더라도 자기 스스로 그것을 말해 버리면 주위 사람들의 빈축을 사서 뜻하지 않을 결과에 실망하게 될 것이다. 그렇게 되지 않기 위해서는 자기 이야기를 가능한 한 하지 않는 것이 가장 현명한 일임을 알아야한다.

제2장
자기 본심을 굳게 지키는 것도 중요하다

1. 자신을 굳게 지켜야 할 필요가 있다.

무슨 생각을 하고 있는지 도무지 알 수 없는 사람이나, 성격이 대단히 어둡게 보이는 사람이 있는데, 그것도 칭찬받을 일은 아니다. 우선 인상이 좋지 않아 엉뚱한 오해를 받기 쉽다. 그리고 무슨 생각을 하고 있는지 알 수 없는 사람에게는 아무도 자신의 속마음을 털어놓으려 하지 않을 것이다.

유능한 사람은, 내면으로는 신중하더라도 그것을 밖으로 드러내지 않아, 외면적으로는 누구와도 손쉽게 친해져, 상냥하고 영리한 것처럼 행동하는 법이다. 또한 자기 본심은 굳게 지키면서, 언뜻 보기에는 개방적인 것처럼 보이게 함으로써 상대방의 경계심을 풀게 만드는 것이다. 그러므로 자신을 굳게 지켜야 할 필요가 있는 이유는, 조심 없이 아무 말이나 함부로 지껄여 버리면, 그 말이 대부분 어딘가에 인용되어 자기들 편리한 대로 이용되기 때문이다. 따라서 상냥하게 행동하는 것과 마찬가지로, 신중함도 중요한 요소임에 틀림없음을 너는 알아야 한다.

2. 상대편의 말을 귀가 아닌 눈으로 들어라.

항상 이야기를 할 때에는 상대의 눈을 보아야 한다. 그렇게 하지 않으면 무언가 양심의 가책을 받는 일이 있는 것이 아닌가 하고 오해를 받게 된다. 말하고 있는 상대편의 눈을 쳐다보지 않는 것만큼 큰 실례는 없으며, 또 그것은 용서하기 어려운 일이다. 천장을 쳐다보거나, 창문 밖을 내다보거나, 담뱃갑을 가지고 장난을 하지 말라. 그런 행동들은 지금 말하고 있는 사람보다 자신이 더 중요하다고 공언하는 것과 다름없다. 그런 행동을 하면 조금이라도 자존심이 있는 사람은 화를 내고 증오심으로 얼굴을 찌푸릴 것이다. 되풀이하여 말한 것 같지만, 이러한 취급을 받고 자존심이 상하지 않는 사람은 없을 것이다.

상대의 눈을 보지 않는다는 것은 이쪽의 인상을 나쁘게 할 뿐만 아니라, 자기의 말이 상대에게 어떻게 받아들여졌는가를 관찰할 기회를 스스로 포기하는 것과 같다. 나는 상대의 마음속을 읽으려면 귀보다도 눈에 의지하는 편이 낫다고 생각해 왔다. 왜냐하면 마음속으로 생각하고 있지 않은 것을 입으로 말하기는 간단하지만, 눈에 나타내기는 너무나 어려운 일이라고 생각했기 때문이다.

3. 다른 사람을 헐뜯지 말라.

다음으로 내가 부탁하고 싶은 것은, 자기가 자진해서 다른 사람의 좋지 못한 소문에 귀를 기울이거나, 그것을 퍼뜨리거나 하지 말라고 하는 점이다. 그 당장은 즐거울지 모른다. 그렇지만 냉정하게 생각해 보면, 그런 짓은 해 보았자 아무런 득도 되지 않음을 알게 될 것이다. 오히려 헐뜯으면 헐뜯는 그 사람이 비난을 받을 뿐이다.

4. 웃음에도 품위라는 것이 있다.

큰 소리로 웃는 것도 바람직하지 않다. 큰 소리로 웃는 것은 하찮은 것에서밖에 즐거움을 발견하지 못하는 어리석은 인간이 하는 짓이다. 참으로 기지가 풍부한 사람이나 분별 있는 사람은 결코 다른 사람을 바보같이 웃기거나, 자기도 바보같이 웃거나 하지 않는 법이다. 다만 웃더라도 소리를 내지 않고 미소를 지을 뿐이다. 너 역시도 결코 큰 소리로 웃는 따위의 천한 흉내는 내지 말라. 어떤 일이 있을 때마다 껄껄거리고 웃는 것은 바보를 입증하는 것과 조금도 다를 것이 없다.

　예컨대 누군가가 의자에 앉으려고 하는데, 의자가 없다. 엉덩방아를 찧는다. 그래서 일제히 한바탕 크게 웃는다. 이 얼마나 저속한 웃음인가? 그런데도 그들은 그것이 즐겁다고 떠들어 댄다. 이 얼마나 저속하고 생각이 모자라는 즐거움이란 말인가! 나는 천하고 못된 장난이나 시시한 우발사고를 보고 폭소하는 것 말고는, 좀 더 마음이 풍요로워지고 표정이 밝아지는 즐거움을 모르냐고 묻고 싶다. 그렇게 큰 소리로 웃는다면 귀에 거슬릴 뿐만 아니라, 보기에도 흉하다. 이러한 바보스러운 웃음은 참으려고만 하면, 약간의 노력만으로도 간단하게 참을 수 있다. 그것을 참지 못하는 것은, 사람들이 웃음이란 명랑하고 즐거운 것이며, 좋은 것이라고 하는 고정 관념에 사로잡혀 있기 때문이다. 그러므로 그것이 아주 어리석은 짓이라는 점을 깨닫지 못하고 있는 것이다.

5. 보잘 것 없는 버릇으로 자신을 깎아내리지 말라.

이야기를 하면서 헤프게 웃는 버릇을 가진 사람이 있다. 내가 알고 있는 윌러 씨도 그 중의 한 사람이다. 그의 인격은 대단히 훌륭하지만, 딱하게도 웃지 않으면 이야기를 하지 못한다. 이러한 버릇을 보고 이 사람을 잘 모르는 사람은 처음에는 약간 머리가 이상한 사람이라고 생각하는데, 그러한 평가를 받아도 어쩔 수 없는 일이다. 이 밖에도 사람에게는 별로 인상이 좋다고는 할 수 없는 버릇이 많이 있다. 처음으로 사회에 진출했을 때, 지루한 시간을 달래기 위해 어색한 동작이나 이상한 몸짓을 하거나, 무심코 한번 해 본 행동들이 그대로 몸에 굳어 버린 것이 아닐까?

사회에 처음으로 진출했을 때에는 어떻게 처신해야 좋을지 몰라서 갖가지 표정을 지어 보거나, 갖가지 동작을 시도해 보기도 하는 법이다. 그것이 어느 사이엔가 버릇이 되어 현재도 코에 손을 대거나, 머리를 긁거나, 모자를 만지작거리는 것이다. 가만히 보고 있노라면 어딘지 모르게 어색하다. 그런 사람이 세상에는 의외로 많다. 나쁜 짓을 하고 있는 것은 아니지만, 역시 보기에 좋지 않은 행동은 될 수 있는 대로 하지 않는 편이 좋다.

제3장
집단 활동에서 틀림없이 성공하는 비결

1. 유머나 농담 등은 때와 장소를 가려서 해라.

재치나 유머, 농담 등은 어떠한 특정 집단에서만 통용되지 않는 경우가 있다. 그런 집단에도 그 집단 특유의 배경이라는 것이 분명히 있게 마련이다. 거기에서 독특한 표현 방법이나 말씨가 생겨나고, 나아가서는 독특한 유머나 농담이 생겨나는데, 그것을 토양이 다른 집단으로 가져가 보면, 무미건조하고 아무 재미도 없는 것은 당연할 것이다. 재미가 없는 농담만큼 썰렁한 것은 없다. 그 자리는 흥이 금방 깨어지고, 심한 경우에는 무엇이 재미있는지 설명해 달라는 등의 요구까지 나오게 된다. 그럴 때의 참담한 심정은 굳이 너에게 말할 필요조차 없다. 농담뿐만이 아니다. 어떤 모임에서 들은 이야기를 다른 모임에 가서 함부로 입 밖에 내서는 안 된다. 그 말이 돌고 돌아서 상상 이상으로 중대한 사태를 초래할지도 모른다. 우선 그런 짓은 예의에 어긋난다. 규약은 없다지만 어디에서인가 들은 대화의 내용을 함부로 입 밖에 내지 않는다는 것은, 무언의 약속과도 같다. 그것을 어기면 여기저기서 비난을 받을 뿐만 아니라, 어디를 가나 환영을 받지 못하게 된다는 점을 알아야 한다.

2. 자기 의견을 가진 호인은 큰 인물이 될 수 있다.

이른바 호인은 어떤 집단이든 있게 마련이다. 호인이라는 이유 하나만으로 그 집단에 가입한 사람이다. 그들을 자세히 관찰해 보면 실제로는 아무 쓸모도 없고 매력도 없으며, 자신의 의견도 의지도 없는 사람인 경우가 대부분이다. 그들은 동료들이 한 행동이나 말한 것이라면 무엇이든지 쉽게 따라 주고 양보하고 칭찬을 한다. 동료들의 대부분이 우연히 동의했다는 이유만으로 아무리 잘못된 일이라도 아주 간단하게 영합해 버린다. 어째서 이런 어리석은 짓을 하는가? 그것은 그렇게 하는 것 외에는 별다른 행동을 취할 수 없기 때문이다.

너는 보다 더 떳떳한 이유를 가지고 집단의 일원으로 영입되도록 노력해 주기 바란다. 그러기 위해서는 자신의 의지와 마음을 가지고 있어야 하며, 그것을 쉽게 바꾸지 않는 것이 중요하다. 다만 그것을 표현할 때는 예의가 바르게 유머를 가지고, 될 수만 있다면 품위를 갖추고 임해 주기 바란다. 네 나이로는 지금 높은 위치에서 말을 하거나, 마치 다른 사람을 비난하는 투의 말을 하는 것은 아직 이르다고 본다. 소위 호인의 아첨이 아니라면 다른 사람에게 친절히 대하는 것은 비난받을 성질의 것은 아니다. 아니, 그 반대로 다른 사람과 교제하기 위해서는 꼭 빼놓을 수 없는 것이다.

예를 들어 사소한 결점을 못 본 체하고, 눈에 거슬리는 말과 행동도 너그러이 봐 주며, 일정한 범위 내에서 적극적으로 듣기 좋은 말을 하는 것도 허용되어 마땅하다. 그리고 그렇게 하는 편이 친절을 베푸는 경우도 있을 것이다. 또한 듣기 좋은 말을 하면 듣는 쪽도 기뻐하고, 듣기 좋은 말을 하지 않으면 그 이상 자기를 향상시키지 못하는 경우가 많은 것이다.

3. 집단의 리더를 따르는 것도 능력이다.

어떠한 집단에도 그 집단 특유의 언어나 복장, 취미나 교양 등을 좌우하는 인물이 있게 마련이다. 만약 그 인물이 여성이라면 먼저 미모와 기지와 복장, 그 외의 모든 면에 뛰어난 사람일 것이다.

그 날의 모임을 열광시켰는가 하는 것보다도, 좀 더 근본적인 차원에서 집단 전체를 이끌고 나갈 만한 인물인가 어떤가가 결정적 요소가 되는데, 모든 사람들의 눈이 이런 사람에게 집중되는 것은 자연스런 일이다. 또 이런 사람에게는 일종의 위압감이 있는지도 모른다. 그런데 이런 사람을 따르지 않으면 어떻게 되는가? 그 즉시 추방된다. 어떠한 재치도, 예절도, 취미도, 복장도 당장에 거절당한다. 그러므로 이런 사람에 대해서는 아무 생각할 것 없이 순순히 따라 주는 게 좋다.

제4장
언제나 상대방에 대한 배려를 잊지 말라

1. 상대방을 작은 배려만으로도 감격하게 만들어라.

다른 사람을 기쁘게 해주거나 칭찬을 받고 싶고, 사랑을 받고 싶으면 언제나 상대방에 대한 배려를 잊지 말아야 한다. 그것도 아주 조금이면 된다.

예를 들자면 사람에게는 제각기 조그만 버릇이나 취미, 좋고 싫음과 같은 것이 있다. 바로 그 점을 살펴보는 것이다. 그래서 좋아하는 것을 그의 눈앞에 내놓고, 싫어하는 것을 감춰 둔다. 가까운 예로,

"당신이 즐겨하시는 술을 마련해 놓았습니다."

또는,

"그분을 그다지 좋아하시는 것 같지 않아서 오늘은 초대하지 않았습니다."

라고 말해도 좋다. 그러한 자연스러운 배려가 상대방의 마음을 열게 하고, 자기를 이렇게까지 신경을 써 주고 있는가 하고 감격하게 만드는 것이다.

이와 반대로 상대가 싫어하는 것을 알고 있으면서도 미처 깨닫지 못하고 그것을 내놓거나 한다면 결과는 뻔하다. 상대 방은 바보 취급당했다고 오해하거나, 멸시를 당했다고 생각 하여, 언제까지나 좋지 않은 감정을 품고 있을 것이다. 아주 하찮은 아무것이라도 무방하다. 하찮은 것이면 하찮은 것일 수록 상대방은 특별한 배려를 느끼고, 더욱 큰 배려를 해 준 것보다도 감격하는 법이다. 그런 경험이 너도 있을 것이다. 아주 하찮은 배려에 너는 얼마나 기뻐했던가를 말이다. 그리 고 인간이라면 누구나가 지니고 있는 허영심이 그 일로 얼 마만큼 만족케 되었는가를 말이다. 그것뿐이 아니다. 단지 그러한 배려로 그 사람에게 호의를 갖게 되고, 그 사람의 하 는 일이나 행하는 것 모두를 호의적으로 받아들이게 된다. 인간이란 그런 것이다.

2. 상대방이 칭찬받고 싶어 하는 것을 칭찬해라.

특정한 인물로부터 호감을 얻고 특정한 인물과 가깝게 사귀고 싶다는 생각이 든다면, 그 인물의 장점과 단점을 찾아내어, 그 인물이 칭찬받고자 하는 점을 칭찬하는 방법도 있다.

인간에게는 실제로 우수한 면과 우수하다고 인정을 받고 싶은 면이 있다. 예컨대 당시의 정치가로서는 뛰어난 재능을 가지고 있었던 추기경 리슐리외Richelieu의 일을 되새겨 보기 바란다. 그는 정치가로서의 명성에 만족하지 못하고, 시인으로서도 누구보다 뛰어남을 인정받고 싶다는 보잘것없는 허영심을 가지고 있었기 때문에, 저 위대한 극작가 코르네유Corneille의 명성을 시기하여 평론가에게 부탁해서 억지로 『르시드(Le cid)』의 비평을 쓰게 했다. 그리고 이것을 지켜본 아첨꾼들은 리슐리외의 정치 수완에 대해서는 거의 언급하지 않거나, 언급을 해도 극히 형식적인 범위에 그쳐 두고, 오로지 시인으로서의 재능을 극구 칭찬했던 것이다. 그들은 알고 있었다. 그로 하여금 그렇게 하는 것이 자신들에게 호의를 갖게 하는 최고의 명약이라는 것을 말이다. 리슐리외는 정치 수완에는 자신이 있었지만, 시인으로서의 재능에는 자신이 없었던 것이다.

보편적으로 인간은, 다른 사람으로부터 칭찬을 받고 싶어

하는 구석이 있다. 그것을 찾아내기 위해서는 관찰하는 것이 최상이다. 그래서 그 사람이 즐겨 화제로 삼는 것을 주의해서 잘 살펴보는 것이 좋다. 어느 누구라도 대개 자기가 칭찬을 받고 싶은 것, 뛰어나다고 인정받고 싶은 것을 화제에 올리는 법이다. 바로 그 곳이 급소이다. 그 곳을 찌르면 상대방은 함락된다.

   3. 못 본 척하는 것도 때로는 중요하다.

   너는 오해하지 말기를 바란다. 나는 너에게 사람의 마음을 천박스런 아첨으로 조종하라고 말하는 것이 아니다. 상대의 결점이나 나쁜 행동까지 칭찬할 필요는 없고, 또한 칭찬해서도 안 된다. 아니, 오히려 그런 것은 증오해야 하며, 좋지 않다고 지적해야 한다고 나는 믿고 있다. 그러나 이 점은 반드시 깊이 생각해 두어야 할 것이다. 인간의 결점이나, 천박하고 주책 없는 허영심에 눈을 감고 있지 않으면, 이 세상을 살아갈 수 없는 법이다.
   누군가가 실제보다 현명하다고 인정받고 싶다거나 아름답게 보이고 싶다고 생각했다손 치더라도 다른 사람에게 해를 끼치는 것은 아니다. 순진하지 않느냐? 그런 사람들에게 잘못이라고 말해 보았자 소용없는 일이다. 차라리 그런 말을 해서 불쾌감을 주는 것보다는, 나 같으면 다소의 공치사를 해서라도 그들의 마음을 기분 좋게 해 주어 가까이 지내는 편을 택하겠다. 너도 상대방에게 장점이 있으면 기분 좋게 찬사를 기꺼이 보낼 수 있다. 하지만 자기로서는 그다지 찬성할 수 없는 일이라도 그 사회에서 인정하는 일이라면, 차라리 눈을 감아주고 찬성하는 편이 나은 경우도 있는 법이다. 너는 남을 칭찬해 주는 재주가 별로 없는 모양인데, 그것은 인간이 얼마나 자기의 생각이나 취미를 인정받고 싶어하는지, 또한 확실히 잘못된 생각이나 자신의 조그마한 결점까지도 너그럽게 봐 주기를 바라고 있는지를 아직도 잘 모르고 있기 때문이라 생각된다. 우리는 자신의 생각뿐만 아니라, 버릇이나 복장과 같은 보잘 것 없는 것까지도 흠을 잡히면 불쾌하게 생각하지만, 인정을 받으면 크게 기뻐하는 법이다.

재미있는 하나의 일화를 소개하겠다. 찰스 2세Charles II의 악명 높은 통치 시대의 이야기인데, 당시에 대법관 직책을 맡아보고 있었던 샤프츠버리Shaftesbury 백작은 대신으로서 뿐만 아니라 개인적으로도 왕의 호감을 사고 싶어 했다. 그리하여 왕이 여자를 좋아한다는 사실을 알고 있었던 샤프츠버리는 한 가지 계략을 생각해 내어 자기도 첩을 두었다. 그 소문을 듣게 된 왕은 그에게 그것이 사실이냐고 물었다. 샤프츠버리는,

"정말이옵니다. 그 여자 외에도 여러 명 더 두고 있사옵니

다. 생활에 변화가 있는 편이 즐겁기 때문입니다."

라고 대답하였다. 며칠인가 지난 뒤, 일반적인 알현 식 때 왕은 멀리에 있는 샤프츠버리를 보자 주위 신하들에게 이렇게 말했다.

"모두들 믿을 수 없다고 생각할지 모르겠지만, 저기에 있는 마음 약한 작은 사나이가 이 나라에서 제일가는 난봉꾼이오."

샤프츠버리가 가까이 다가가자 웃음이 터졌다.

"지금 그대 이야기를 하고 있었소."

라고 왕은 말했다.

"예? 제 이야기를 말씀이옵니까?"

"그렇소. 그대가 이 나라에서 제일가는 난봉꾼이라고 이야기하던 중이오. 어떻소? 내 말이 틀렸소?"

샤프츠버리는 말하였다.

"아, 그 이야기 말씀이옵니까? 그것이라면 아마 제가 최고라고 믿고 있사옵니다."

왕이 얼마나 기뻐했는지는 쉽게 상상할 수 있을 것이다. 인간에게는 저마다 특유한 사고방식과 행동 양식, 성격과 외모가 있다. 그것들에 대해서는 최소한 입 밖에 내어 이러쿵저러쿵 말하지 않는 것이 일종의 약속처럼 되어 있다. 따라서 다소 사실과 다르더라도, 그것이 유별나게 나쁜 일이나 자기의 위신을 손상시키지 않는 한 자진해서 순응하는 것이 중요하다.

4. 상대가 듣지 않는 곳에서 하는 칭찬이
   가장 기쁘게 한다.

상대방을 가장 기쁘게 하는 칭찬은 조금 전략적이기는 해도 듣지 않는 곳에서 하는 칭찬이다. 그렇다고 해서 그냥 뒤에서 칭찬만 하는 것으로는 의미가 없다. 그 칭찬한 말이 칭찬한 상대방에게 확실히 전해져야 효과가 있다. 그러므로 여기서 중요한 점은 칭찬한 말을 전해 줄 사람을 고르는 일이다. 그 말을 전달함으로써 함께 덕을 볼 사람을 찾으면 된다. 그렇게 하면 확실히 전해 줄 뿐만 아니라, 어쩌면 과장까지 해서 칭찬해 줄지도 모른다. 다른 사람에 대한 찬사 중에서 이보다 더 기쁘고 효과적인 것은 없다고 해도 과장된 말은 아니다.

이상으로 지금까지 말해 온 것들은 앞으로 사회의 첫발을 내딛게 되는 네가 기분 좋은 교제를 하는 데 꼭 필요한 것들이라고 생각하여도 좋을 것이다. 네 나이 때 나도 이런 것들을 알고 있었더라면 얼마나 편했을까 하고 생각해 본다. 이 정도의 것을 아는 데, 나의 경우에는 35년의 세월이 걸렸다. 그렇지만 지금 네가 그 열매를 거두어 준다면 후회는 없단다.

제5장
최고의 강자는 친구가 많고 적이 적은 사람이다

1. 이 세상에서 최고 강자는 누구인가?

이 세상에 적이 없는 사람은 없고, 모든 사람들로부터 사랑받는 사람도 없다. 하지만 그렇다고 해서 다른 사람들로부터 사랑받는 노력을 하지 않아도 된다는 것은 아니다. 나의 오랜 경험을 말하자면, 친구가 많고 적이 적은 사람이 이 세상에서 최고로 강한 사람이다. 이런 사람은 원한을 사거나 질투를 받거나 하는 일이 좀처럼 없으므로 누구보다도 빨리 출세를 한다. 설령 몰락하더라도 사람들의 동정을 받아 멋있게 몰락한다. 그러므로 친구가 많고 적이 적다는 것은 항시 마음에 새겨 두고 노력해 볼 가치가 있는 하나의 목표가 아니겠느냐?

2. 사람은 두뇌가 아니라 배려로 스스로를 지킨다.

너는 얼마 전에 세상을 떠난 오몬드Ormonde 공작의 이야기를 들은 적이 있느냐? 그분으로 말하자면 머리는 나빴지만 예의범절에 대해서는 그를 따를 만한 사람이 없는, 이 나라에서 제일가는 신망을 자랑했던 인물이다. 태어날 때부터 싹싹하고 다정한 성격인데다가, 궁정생활과 군대 생활에서 몸에 밴 유연한 언동이라든가, 자상한 마음의 배려가 더해져, 그 매력은 이 사람의 무능력을 보충하고도 남음이 있을 정도였다. 비록 누구에게서도 평가는 받지 못했을망정 누구에게서나 사랑을 받았다. 그의 덕망이 가장 현저하게 나타난 것은, 앤Anne 여왕이 죽고 나서 불온한 움직임을 보인 사람들이 탄핵 재판을 받게 되었을 당시, 오몬드 공작에게도 같은 행동을 했다는 혐의로 형식상 똑같은 처벌을 할 필요가 생겼을 때였다. 그는 탄핵은 받았지만, 당시 정당간의 치열한 다툼에도 불구하고, 공작을 철저하게 몰락시키려는 신랄한 태도와는 아주 거리가 먼 것이었다. 이를테면 오몬드 공작에 대한 탄핵 결의안은 다른 사람에 대한 탄핵안보다도 훨씬 적은 찬성표로 상원을 통과했던 것이다. 또한 그 당시 탄핵의 주동자이기도 했던 당시의 국무대신인 스탠호프Stanhope가 앤 여왕의 뒤를 이은 조지 1세George I와 재빨리 교섭하는 등 조정에 나서, 다음 날은 왕에게 공작을 알현시킨다는 방도까지 세워놓았을 때였다. 그 때 오몬드 공작을 빼앗겨서는 이 소송에 이길 수 없다고 판단을 내린 스튜워트 왕조 부활파의 로체스터 주교가 이 두뇌 회전이 빠르지 못한 가엾은 공작에게로 급히 달려가서,

"조지 1세를 알현해 봤자 명예스럽지 못한 복종을 강요당할 뿐 용서를 받을 수가 없습니다."

라고 장담하고 오몬드 공작을 도망치게 만들었던 것이다. 그 후, 오몬드 공작의 모든 특권 박탈이 가결되었을 때도 그것에 항의하는 군중이 치안을 문란케 하는 등 대소동이 있었다. 왜냐하면 공작에게는 적은 없었지만 호감을 가지고 있는 사람이 헤아릴 수 없을 만큼 많았기 때문이다.

3. 사랑받고자 하는 노력을 게을리 하지 말라.

덕망만큼 합리적이고 확실히 기댈 곳은 없다. 사람을 끌어올리는 것은 다른 사람들의 호의와 애정 그리고 선의이다. 이런 것들을 손에 넣기 위해서는 어떻게 하면 좋을까? 먼저 이것들을 손에 넣으려는 노력이 중요하다. 노력하지 않고 얻은 사람은 지금까지 아무도 없다. 여기서 사람들의 호의나 애정이라고 말하는 것은, 연인들 사이의 감상적인 감정이나 친구 사이의 우정처럼, 가까운 사이에만 국한되어 있는 감정과는 다른 것이다. 우리가 온갖 부류의 사람들과 관계를 맺

을 때 그 사람에게 알맞은 방법으로 기쁨을 줌으로써 손에 넣을 수 있는, 보다 광범위한 호의·애정·선의를 가리키는 것이다. 이러한 아름다운 감정은 그 사람의 이해와 대립되지 않는 한 언제까지나 계속되는 법이다. 만약 누군가 나더러 지금까지 살아온 40년 이상 겪은 경험을 가지고 20세부터 인생을 다시 시작해 보라고 한다면, 나는 인생의 대부분을 될 수 있는 대로 많은 사람으로부터 사랑받도록 노력을 하는 데 사용하고 싶단다.

지난날처럼 자기에게 얼굴을 돌려주기를 바라는 남성이나 여성의 마음을 사로잡는 데만 정성을 쏟고, 다른 사람은 어떻게 해도 좋다는 행동은 하지 않겠다. 만약에 자기가 노렸던 사람의 평가가 잘못되어 있으면 그 밖의 사람들이 화가 나 있을 것이고, 어느 쪽으로 향해야 좋을지 몰라 거리를 헤매게 된다. 그보다는 많은 사람들의 사랑을 받고, 그 속에서 느긋하게 있는 편이 낫다. 그것은 가장 큰 방패이다. 남성이든 여성이든 간에 인간이란 신망에는 약한 법이다. 신망을 방패로 삼고 있는 사람은 성공의 가능성도 높고, 그 가능성도 크다. 여성도 신망이 있는 남성에게는 이상하게 마음이 끌리는 법임을 알아야 한다.

신망을 얻는 것은 그렇게 어려운 일은 아니다. 우아한 몸가짐, 진지한 눈매, 마음의 배려, 상대를 기쁘게 하는 말, 분위기, 옷차림 등 아주 조그마한 행위가 모이고 모이면 상대의 마음을 사로잡을 수 있는 법이다.

지금까지 내가 만난 사람들 가운데에는 외모는 아름답지만 조금도 내 마음을 사로잡지 못하는 여성, 사려 분별은 있지만 아무리 해도 가까워지지 않는 인물이 많이 있었다. 이미 너는 왜 그런지 알고 있을 것이다. 바로 그렇다. 그들은 자기의 미모와 능력에 자신이 있었기 때문에, 사람의 마음을 사로잡는 기술을 몸에 익히는 것을 게을리 했던 것이다. 나는 뛰어나게 아름답다고는 말할 수 없는 여성과 사랑을 한 일이 있다. 그렇지만 그 여성은 품위가 있고 다른 사람을 기쁘게 하는 방법, 즉 마음을 사로잡는 방법을 잘 알고 있었다. 내 생애에서 그녀와 사랑했을 때만큼 열중했던 일은 없었던 것 같구나.

제8부

자기 자신의 품격을 길러라

제1장
골조만 있고 장식이 없는 건물이 되지 말라

1. 우아함과 견고함을 갖춘 건축물이 되어라.

이제 너라고 하는 조그만 건축물도 그 골격이 거의 완성되어 가고 있구나. 지금부터 남은 일은 아름답게 마무리 짓는 것이 너의 임무이며, 또 나의 관심사이기도 하다. 너는 온갖 우아함과 소양을 몸에 익혀야 한다. 그것들은 골조가 튼튼하게 서 있지 않으면 보잘것없는 장식에 불과하지만, 골조가 단단히 서 있으면 건조물을 돋보이게 한다. 그뿐 아니라, 아무리 견고한 골조라도 장식이 없으면 매력이 절반은 떨어지는 경우도 있다.

토스카나식 건축이라는 것을 너는 알고 있을 것이다. 모든 건축 형식 중에서 가장 견고한 양식이다. 그렇지만 동시에 가장 세련되어 있지 않고 멋이 없는 양식이기도 하다. 견고한 점으로 말할 것 같으면 대 건축물의 기초나 토대에는 안성맞춤이라고 할 수 있지만, 모든 건축물을 이런 식으로 세워 버리면 어떻게 될까? 아무도 그 건물에 시선을 던지는 사람은 없을 것이고, 그 앞에서 발길을 멈추는 사람도 없을 것이며, 게다가 안으로 들어가 보려는 사람은 전혀 없을 것이다. 정면이 멋없고 살풍경하므로 나머지는 보나마나 뻔하다. 구태여 안으로 들어가서 마무리나 장식을 볼 필요가 없다고 생각하는 것도 무리가 아닐 것이다. 하지만 토스카나식의 토대 위에 단순하면서도 장중미가 돋보이는 도리아 식, 고상하고 기품이 있는 이오니아 식, 화려하고 섬세한 코린트식의 기둥이 늘어서 있어 아름다움을 다투고 있다면 어떨까? 건축물 따위에는 전혀 흥미가 없는 사람이라도 무의식 중에 눈을 빼앗기고, 아무 생각 없이 지나가던 사람이라도 자기도 모르게 발걸음을 멈출 것이다. 또한 그 안을 보여 달라고 사정하거나, 실제로 안으로 들어가 보게 될 것이다.

2. 자기를 보다 돋보이게 하는 재능을 갈고 닦아라.

　남들이 나를 평가 할 때에, 같은 값이면 자신이 갖고 있는 능력보다 더 많이 평가해주고 내게 호감을 갖게 된다면 정말 좋을 것이다. 예를 하나 들어 보자. 여기에 한 사나이가 있다. 그는 지식과 교양이 풍부하고 남에게 좋은 인상을 주며 말솜씨도 호감이 간다. 행동이 정중하면서도 붙임성이 있다. 말하자면 자신을 돋보이게 하는 능력이 뛰어난 인물이다. 그리고 여기 또 다른 사나이가 있다. 이 사나이 역시 지식과 판단력이 뛰어난 인물인데 남에게는 호감을 주지 못한다. 따라서 자신이 갖고 있는 능력 이하로 남들이 평가한다. 그렇다면 이 험난한 세상을 어떤 사나이가 더 잘 헤치고 살아 나갈 수 있을까? 더 말 할 것도 없이 앞의 사나이가 될 것이다. 보통의 사람들은 대개 겉모습만 보고 평가한다. 내면은 잘 보려고 하지 않는다. 현명한 사람도 마찬가지다. 그도 자신의 눈이나 귀에 거슬리는 사람에 대해서는 마음의 문을 열려고 하지 않을 것이다. 그렇다고 지금 너에게 겉치레에만 신경 쓰라는 말이 아니다. 남과 더불어 이 세상을 잘 살아가려면 내면과 마찬가지로 외면도 중요하다는 말이다.

3. 철저하게 품위를 유지해라.

　사람의 마음을 사로잡고 싶으면 먼저 오감에 호소하는 것이 중요하다. 눈을 즐겁게 해 주고, 귀를 즐겁게 해 준다. 그렇게 해서 이성을 꼼짝 못 하게 한 뒤에 마음을 빼앗는 것이다. 나는 그런 의미에서 처음부터 끝까지 철저하게 품위를 유지하라고 말하고 싶다. 똑같은 일이라도 품위가 느껴지는 것과 그렇지 않은 것과는 받아들이는 데 있어 하늘과 땅 차이가 있는 법이다. 잠깐만 생각해 봐도 대답하는 것이 차분하지 못하고, 옷차림도 단정치 못하며, 말도 더듬거리거나 작은 목소리로 우물쭈물하거나 단조롭고, 또한 동작에도 주의가 집중되어 있지 않은 사람을 처음 만난다면 어떠한 인상을 받게 될까? 그 사람이 굉장히 훌륭한 인격을 가지고 있을지라도, 그 사람을 마음속에서 거부해 버리는 것은 아닐까?

　그와는 반대로, 행하는 일 모두에 골고루 신경을 쓰고 있어 품위를 느낄 수 있다면 어떨까? 내면 같은 것은 모르더라도 그 사람을 본 순간에 마음을 빼앗겨, 그 사람에게 호의를 갖게 되어 버리는 것은 아닐까? 부드러운 태도, 절도 있는 몸가짐, 듣기 좋은 목소리, 산뜻한 옷차림, 구김살 없고 그늘이 없는 밝은 표정, 상대방에게 비위를 맞추면서도 분명한 말솜씨, 이런 것들 하나하나가 왠지 사람의 마음을 사로

잡고 놓지 않는 작은 요소임에 틀림없을 것이다. 나는 적어
도 그렇게 생각하고 있단다.

제2장
다른 사람의 장점을 끝까지 따라하라

1. 훌륭한 인물의 장점을 철저히 따라하라.

사람의 마음을 사로잡는 말과 행동은 누구든지 몸에 익힐 수가 있는 것이다. 훌륭한 사람들과 자주 어울릴 수 있는 처지에 있고, 기회가 주어지거나 자기에게 그럴 마음만 있으면 틀림없이 그렇게 할 수 있다. 훌륭한 사람들을 주시해서 관찰하고, 무엇이 그들로 하여금 좋은 인상을 주고 있는가를 생각한다면 그대로 따라할 수 있다. 어쨌든 간에 그것을 알았으면 일단 흉내를 내어 따라하도록 해라. 그러나 자기의 개성을 버리고 무작정 따라 해서는안 된다. 위대한 화가도 처음에는 다른 화가의 작품을 모방한다. 아름다움과 자유라는 관점에서 볼 때, 원작보다 뒤떨어지지 않도록 공을 들여 모방을 해야 한다.

2. 뿌리지 않은 씨앗은 결코 싹이 돋지 않는다.

　많은 사람들로부터 예의범절도 뛰어날 뿐만 아니라, 호감을 살 수 있는 인물이라고 인정받고 있는 사람을 만나면, 그 사람에게 눈여겨 주의 깊게 관찰해 보는 것이 좋다. 손윗사람에게 대해서는 어떠한 행동과 말투로 대하고 있는지, 자기와 지위가 같은 사람과는 어떠한 교제를 하고 있는지, 자기보다 지위가 낮은 사람은 어떻게 대하고 있는지를 주의 깊게 관찰해 보면 좋다. 그리고 오전 중에 사람을 방문했을 때는 어떠한 내용의 이야기를 하고 있는지, 식탁에서는 어떠하며, 저녁 모임에서는 어떤지 등등을 확실하게 관찰하여 그대로 따라해 보는 것이 바람직하다. 다만 원숭이 흉내가 되어서는 안 된다. 왜냐하면 그것은 그 사람의 복제물이 되기 때문이다. 이렇게 노력하는 동안 그 사람이 남을 소홀히 취급하거나 무시하는 일, 자존심이나 허영심을 손상시키는 일은 절대로 하지 않는다는 것을 알게 될 것이다.

　그와 동시에 상대하는 사람에 따라서 경의를 표하거나, 평가를 하거나, 배려를 하거나 하는 등, 상대방을 기쁘게 하여 마음을 사로잡고 있다는 것도 알 수 있을 것이다. 결론적으로 말하면, 뿌리지 않은 씨앗은 결코 싹이 돋지 않는 법이다. 호감을 가질 수 있는 인물도 정성을 다 하여 씨를 뿌려 풍성하게 맺은 열매를 수확하고 있는 것에 불과하다. 호감을 얻을 수 있는 몸가짐은, 실제로 따라하다 보면 반드시 몸에 익힐 수 있다. 그것은 지금의 자신을 뒤돌아보면 쉽게 알 수 있을 것이다. 지금의 너는 반 이상이 흉내로 이루어져 있는 것은 아닐까? 중요한 것은 훌륭한 본보기를 선택하는 일, 그리고 무엇이 좋은 본보기인가를 판별하는 일이라고 생각한다. 사람이란 평소에 자주 이야기를 나누고 있는 상대의 분위기나 태도, 장점이나 단점뿐만 아니라 사고방식까지 무의식중에 받아들이는 법이다. 내가 알고 있는 몇몇 사람들 중에도 그 자신들은 그다지 총명한 두뇌를 가지고 있는 것도 아닌데, 평소에 현명한 사람들과 교제하고 있기 때문에 생각지도 못한 훌륭한 기지를 발휘할 때가 있다.

내가 항상 말하고 있는 것처럼 너도 훌륭한 사람들과 교제하면 별로 신경을 쓰지 않아도 모르는 사이에 그들과 비슷한 수준이 될 것이다. 거기에 집중력과 관찰력이 더 해지면 금상첨화이며, 곧 그들과 대등하게 될 것이 틀림없다.

3. 어떤 사람이든 너의 스승이 될 수 있다.

　호감을 느낄 만한 사람이 자기 주위에 없다면 어떻게 하면 좋을까? 그렇다면 누구든지 좋으니 주변에 있는 사람을 유심히 관찰하도록 해라. 아무리 훌륭한 사람도 모든 장점을 다 갖추지 못한 것과 마찬가지로, 비록 아무리 하찮게 보이는 사람이라도 반드시 한 가지는 좋은 점을 가지고 있음을 알아야 한다. 그 점을 흉내 내면 된다. 그리고 바람직하지 않은 부분은 자신을 비춰보는 거울로 삼으면 된다.

　그렇다면 호감을 얻는 사람과 그렇지 못한 사람의 차이는 무엇일까? 그것은 말과 행동의 내용은 똑같아도 태도가 전혀 다른 것이며, 바로 그 것이 호감을 얻게 되는 이유인 것이다. 세상 사람들로부터 환영받고 있는 인물이라도, 품위를 전혀 느낄 수 없는 인물이라도, 말하고 움직이며, 옷을 입고, 먹고 마시는 것은 마찬가지이다. 다른 것은 그 방법과 태도뿐이다. 따라서 어떠한 화술·걸음걸이·식사 방법 등이 나쁜 인상을 주는지를 유심히 관찰한다면, 자기 자신이 어떻게 하면 좋을지 자연스레 알 수 있는 법이란다.

제3장
사람의 마음을 사로잡는 방법

1. 우아하게 서고, 걷고, 앉아라.

실제로 사람의 마음에 호소하려면 어떻게 하면 좋을까?
나는 이에 대해 다음에 몇 가지의 항목으로 나누어 적어 보
겠다. 분명히 너에게 참고가 되리라 믿는다.

지난번에 항상 너를 칭찬해 주시던 하비 부인의 편지를
받았다. 네가 어떤 장소에서 춤을 추고 있는 것을 보았는데,
아주 우아하고 아름다운 몸놀림이었다는 것이 그 편지의 사
연이었다. 나는 매우 기뻤다. 춤을 우아하고 아름답게 출 수
있다면, 일어서는 것도, 걷는 것도, 앉는 것도 우아하게 할
수 있을 것이라고 생각했기 때문이다.

선다, 걷는다, 앉는다는 것은 동작으로 볼 땐 단순하지만,
춤을 잘 추는 것보다 훨씬 중요한 일이다. 내가 아는 사람
중에는 춤은 서투른데 일상생활의 동작이 우아한 사람은 몇
있지만, 춤은 잘 추는데 일상생활의 동작이 보기 흉한 사람

은 한 사람도 없다. 우아하게 일어설 수도 있고 우아하게 걸을 수도 있는데, 우아하게 앉을 수 있는 사람은 그리 많지 않다. 많은 사람 앞에 나서면 그만 기가 죽어 버리는 사람이 있는가 하면, 부자연스럽게 등을 세우고 딱딱한 자세로 앉는 사람도 있다. 싹싹하고 조심성 없는 성격의 사람은 의자에 온 체중을 맡기듯이 기대어 앉는다. 상당히 친한 사이가 아니면 이런 자세는 나쁜 인상을 심어주게 마련이다.

모범적으로 앉으려면 먼저 마음을 편하게 가지고, 또 겉으로도 그렇게 보이도록 하면서, 온 체중을 의자에 맡기지 말고 편안히 앉아라. 몸을 딱딱하게 하여 부동의 자세를 취하는 것이 아니라, 몸에서 힘을 빼고 자연스럽게 동작을 취하도록 해라. 틀림없이 너는 할 수 있을 것이다. 만약 그렇지 않다면 할 수 있는 한 이에 가깝게 앉을 수 있도록 연습하는 것이 좋다. 아주 사소한 동작의 아름다움이 여성뿐만 아니라 남성의 마음까지도 사로잡는 법이다. 그것은 직장에서도 마찬가지이다. 우아한 동작이 얼마나 사람의 마음을 사로잡는지 명심해 두어라.

예컨대 어떤 여성이 손에서 부채를 떨어뜨렸다고 하자, 유럽에서 가장 우아한 남성이나, 가장 우아하지 않은 남성이나, 그것을 그녀에게 주워 건네주는 것에는 다를 바가 없다. 하지만 그 결과에는 큰 차이가 있다. 우아한 남성은 주워 줌으로 인해 감사의 답례를 받겠지만, 우아하지 못한 남성은 그 동작이 우스꽝스럽기 때문에 웃음거리가 되어 버릴 것이다. 그런데 우아하게 행동을 하는 것은 공공장소에 한정되는 것만은 아니다. 일상적인 장소에서도 마찬가지이다. 평소에 작은 일이라고 우습게 여기면, 막상 필요할 때 하지 못하게 된다. 한 잔의 커피를 마시더라도 찻잔을 드는 방법이 잘못 되었기 때문에, 찻잔 속에서 커피가 출렁거리게 하는 일이 없도록 해야 하는 것이다.

2. 옷차림만으로도 사람의 인격을 알 수 있다.

너도 이제 자신의 옷차림에 대해서 신경을 써야 할 나이
가 되었다. 나는 옷차림을 보면 나도 모르게 그 사람의 됨됨
이를 헤아리게 된다. 다른 사람들 역시 마찬가지가 아닐까?

나의 눈으로 볼 때, 상대방의 옷차림에서 조금이라도 잘
난 척하는 분위기가 느껴지면 그 사람의 사고방식도 약간
비뚤어져 있는 것이 아닌가 하고 생각이 든다. 예를 들자면
오늘날 영국의 젊은이들은 옷차림으로 자기주장을 하고 있
는 것 같다.

엄청나게 치장하는 것을 좋아하여 화려한 옷차림을 하고
있는 사람을 보면, 내용이 없음을 감추기 위해서 일부러 위
압적인 차림을 하고 있는 것 같아 기분이 뒤틀려진다.

이와 반대로, 옷차림에는 전혀 신경을 쓰지 않아 궁정 사
람인지 마부인지 구별을 할 수 없는 옷차림을 하고 있는 사
람도 또한 그 속 알맹이를 의심하지 않을 수 없다. 따라서
사리 분별이 분명한 사람은 옷차림에 개성이 드러나지 않도
록 마음을 쓰는 법이다. 특별하게 자기만 눈에 띄는 옷차림
을 하지 않는다. 그들은 그 지역의 지식인이나 그 사회의 사
람들과 똑같은 수준의 옷차림과 똑같은 수준의 치장을 한다.
옷차림이 지나치게 화려하면 들떠보이고, 너무 초라하면 옷
차림에 신경을 쓰지 않는 것이 되어 실례가 되는 법이다.

내가 생각하기에는 젊은이는 초라하기보다는 약간은 화려하다고 할 정도가 바람직하다. 화려한 옷차림은 나이가 들면 조금씩 수수해지지만, 너무 지나친 무관심은 비참하다. 따라서 주위 사람들이 화려한 옷차림을 하고 있을 때에는 자신도 화려하게, 간소하게 하고 있을 때에는 자신도 간소하게 하는 것이 좋다. 그렇지만 언제나 바느질이 잘 되고 몸에 꼭 맞는 옷을 입어야 한다. 그렇지 않으면 어색하고 부자연스러워 보인다. 그리고 일단 그 날에 입을 옷을 결정한 뒤 그 옷을 입었으면 두 번 다시는 복장에 대해서 생각하지 말아야 한다. 일단 몸에 걸치고 나면 두 번 다시 그 일은 생각지 말고, 아무것도 걸치고 있지 않은 것처럼 자연스럽고 기분 좋게 행동하도록 해야 한다.

3. 표정을 갈고 닦으면 마음 역시 그대로 따라간다.

  사람의 마음을 사로잡는 요인에는 여러 가지 있지만, 그
중에서도 효과가 가장 크고, 사람의 마음을 잡고 놓지 않는
것은 바로 표정일 것이다. 그런데 이것을 너는 도무지 모르
고 있는 것 같더구나.
  흔히 사람이란 조금이라도 자기 용모에 흠이 있으면 그것
을 감춘 채 보충하려고 필사적으로 노력을 하는 법이다. 별
로 잘생기지 못한 용모로 태어난 사람이라면 더욱 그렇다.
이들은 조금이라도 좋게 보이려고 고상하게 행동해 보기도
하고, 상냥하게 미소를 지어 보기도 하면서 눈물겨울 정도의
노력을 하고 있다. 하지만 너는 선택되어진 용모를 고맙게
생각하지 않을 뿐만 아니라, 그것을 모독하고 있는 것 같다.
도대체 너의 얼굴 모습과 그 표정은 어떻게 된 것이냐? 네
딴에는 사나이답고 결단력이 풍부한 표정을 하고 있다고 믿
고 있는지 모르지만, 당치도 않은 착각이다. 크게 칭찬해서
봐 준다고 해도 날마다 구령만 내리고 위엄 있게 보이려고
애쓰고 있는 군인과 똑같은 얼굴이다.
  내가 알고 있는 어떤 젊은이는 국회의원으로 처음 선출된
지 얼마 되지 않았을 때, 자기 방에서 거울을 보고 표정과
동작 연습을 하고 있는 것이 들켜서 웃음거리가 된 적이 있
다. 그러나 나는 웃을 수가 없었다. 오히려 비웃고 있는 사람

들보다 훨씬 사리를 잘 알고 있다고 생각되었다. 공공장소에 나갔을 때 얼마나 표정과 동작이 중요한가를 말이다.

내가 이런 말을 하면 너는 분명 이렇게 말할 것이다.

"온화한 표정이 되도록 하기 위해, 하루 종일 신경을 쓰고 있으라는 말입니까?"

하고 말이다. 그에 대해 대답하겠다. 하루 온종일 신경을 쓰라는 것이 아니다. 2주일 동안이면 충분하다. 2주일 동안이라도 좋으니 좋은 표정을 지을 수 있도록 노력해 주기 바란다. 그렇게 노력하면 다음부터는 일체 얼굴 표정을 생각지 않아도 된다. 지금까지 무관심으로 모독해 온 것의 절반만이라도 좋으니 지금부터 노력하도록 해라.

먼저 눈가에는 언제나 부드러운 표정이 떠오르도록 해라. 그리고 얼굴 전체적으로는 미소를 짓고 있는 표정이 바람직하다. 그런 점에서는 성직자의 표정을 조금 흉내 내어 보는 것이 바람직하다. 내가 이렇게 말해도 아직 표정을 바로잡는 일을 귀찮다고 생각하겠느냐? 1주일 동안에 30분만 노력하면 되지 않느냐? 그렇다면 너에게 묻겠는데, 너는 무엇 때문에 그렇게 능숙하게 춤을 출 수 있게 배웠느냐? 그것도 귀찮은 일이었을 것이다. 최소한 의무는 아니었을 것이다. 이 점에 대해 또 너는 이렇게 대답할 것이다.

"무엇보다도 그것은 사람의 마음을 사로잡기 위해서입니다."

옳은 말이다. 그렇다면 너는 왜 좋은 옷을 입고, 머리를 퍼머 했느냐? 그것 역시 귀찮은 일이 아니냐? 머리는 그냥 그대로 두는 것이 편하고, 양복도 얇은 누더기를 걸치는 쪽이 편할 것이다. 그런데 어찌해서 그런 것에 신경을 쓰느냐? 그러면 너는 이렇게 대답하겠지.

"다른 사람들에게 좋은 인상을 주기 위해서입니다."

라고 말이다. 그것도 옳은 말이다. 그것을 알고 있다면, 그 다음은 도리에 따라서 행동하면 된다. 춤이나 옷차림이나 머리 모양보다도 더 근본적인 표정을 연구하도록 해라. 표정이 나쁘면 춤도 옷차림도 머리 모양도 망쳐 버린다. 네가 춤추는 것은 기껏해야 일 년에 6~7회 정도이지만, 너의 표정은 365일 하루도 빠지지 않고 얼굴 위에서 사람들의 눈에 드러나 있다는 사실을 알아야 한다.

제4장
호감을 사기 위한 노력과 연구를 해야 한다

1. 호감을 사는 행동을 우선적으로 익혀라.

다음에 늘어놓는 나의 충고들을 몸에 익힐 수 없다면, 아무리 풍부한 지식을 몸에 지니고 있어도, 또 아무리 약삭빠르게 처신을 해도, 생각대로 일이 이루어지지 않을 것이다. 바로 지금이야말로 이 장식을 몸에 익힐 시기이다. 지금 이것을 익히지 못하면 평생 익히지 못하게 될 것이다. 따라서 다른 일들은 모두 뒤로 돌리고, 지금은 이 일에만 마음을 집중해야 할 것이다. 튼튼한 틀과 매력적인 장식이 합쳐진다면 이보다 더 훌륭한 것은 없을 것이다.

너에게 내가 이런 편지를 써서, 외면을 장식하라고 열심히 가르치고 있다는 것을 안다면, 융통성이 없는 획일적인 인간이나, 세상을 등진 현학적 인간은 도대체 어떻게 생각할까? 어쩌면 매우 경멸하는 표정을 짓고, '아버지가 자식에게 주는 교훈이라면 그보다 훨씬 좋은 것이 얼마든지 있을 텐데……'라고 말할 것이 분명하다.

그들의 사전에는 아마도 '호감을 갖는다' 또는 '다른 사람들이 좋아하는' 등의 말이 나돌지 않을 것이다. 그러나 현실적으로 이런 말이 나돈다는 것은 그만큼 사람들이 호감을 산다는 것을 화제로 삼고, 그것을 바라고 있기 때문일 것이다.

2. 예의범절에 대해서

평소에 내가 생각하고 있었던 일인데, 세상의 젊은이들 중에 이처럼 무례하고 꼴불견인 인간이 많은 것은, 그 부모들이 예의범절을 가볍게 보는지의 유무에서 그 원인을 찾을 수 있을 것 같다. 그들 부모는 기초 교육과 대학 교육, 그리고 유학 등 다른 사람들이 시키는 교육을 다 시키기는 한다. 그런데 자식들에게 무관심하거나 부주의하여 각 교육 과정에서 자기 자식이 어떻게 성장하고 있는가를 관찰하지 않고, 또는 관찰했다 하더라도 그것을 판단하는 일도 없이, 그냥 속절없이 세월만 보내고 있는 것이다. 그리고 자신을 안심시키기 위해서 다음과 같이 혼자 중얼거리는 것이다.

"괜찮겠지. 다른 아이들과 마찬가지로 잘 하고 있을 것이다."

　그러나 다른 아이들과 마찬가지로 학교에 잘 다니고 있는 것은 사실이지만, 잘 해 나가고 있는 것은 아니다. 그들은 학교 시절에 몸에 익힌 어린아이 같은 저속한 장난을 그만두지 않는다. 대학에서 몸에 익힌 편협한 태도를 버리지 못한다. 유학 중에 몸에 익힌 거만한 태도를 고치지 못하는 것이다. 부모가 주의를 주지 않으면 그런 점은 달리 주의를 줄 수 있는 사람이 없다. 그러므로 젊은이들은 자기가 눈을 가리고 싶을 정도의 못난 태도를 몸에 익히고 있는 줄은 조금도 모르고, 오로지 꼴사나운 무례한 행위를 계속하고 있는 것이다.

　여러 번 앞에서도 말했지만, 자식의 예의범절이나 사람을 대하는 태도에 대해서 여러 가지 말로 올바르게 말해 줄 수 있는 것은 오직 아버지뿐이다. 그것은 자식이 어른이 되어서도 마찬가지이다. 아무리 친한 친구 사이라도 부모와 같은 경험은 없거니와, 주의 같은 것은 줄 수 없다. 나와 같이 충실하고 우호적이며 눈이 밝은 감시자를 가지고 있어서 너는 다행이다. 나의 눈을 피할 수 있는 것은 하나도 없다고 해도 지나친 말은 아닐 것이다. 너의 결점이 나타나면 그것을 재빨리 발견하여 고치도록 지시를 한다. 이와는 반대로 장점이 있으면 재빨리 발견하여 곧바로 박수를 보낸다. 그것이 어버이로서의 나의 책무라 생각하고 있다.

제5장
학문으로도 습득할 수 없는 교육이야말로 중요하다

1. 사람을 존중하고, 착한 마음을 길러라.

인간이란 완벽한 것은 아니다. 그것을 될 수 있는 한 완벽한 형태로 접근시키려고 하는 것이, 네가 태어난 이후 너에게 품고 있었던 소원이며, 나는 이를 실현시키기 위해서 한결 같게 노력을 거듭해 왔다. 그리고 그 수고를 아끼지 않거니와, 그 비용을 아끼지도 않는다. 왜냐하면 교육이라는 것은 인간을 타고난 자질 이상으로 바꿀 수 있다는 점을 잘 알고 있기 때문이다. 그것은 너도 경험하여 알게 되었을 것이다. 먼저 내가 어린 너에게 한 일은, 아직 판단력이 없는 동안에 선을 사랑하는 마음과 사람을 존중하는 마음을 심어주는 일이었다. 그것을 너는 마치 문법을 외우듯이 기계적으로 몸에 익혔다. 그리하여 지금에는 너 자신의 판단으로 그렇게 실행하고 있다. 물론 선을 행하는 일이나, 사람을 존중하는 일 등은 당연한 일로서, 보통 사람들이 특별히 배우지 않아도 하고 있는 일이기는 하지만 말이다.

샤프츠버리 경은 매우 적절하게도 이렇게 말하고 있다.

"나는 선을 사람들이 보기 때문에 행하는 것이 아니라, 나 자신을 위해 행하는 것이다. 그것은 나를 사람들이 보기 때문에 청결하게 하는 것이 아니라, 바로 나 자신을 위하여 청결하게 하는 것과 마찬가지이다."

그래서 나는 너에게 판단력이 생기고 난 다음에 선을 사랑하라는 말은 단 한 마디도 하지 않았다. 왜냐하면 그것은 당연한 일이기 때문이다. 다음에 내가 생각해 둔 것은, 너에게 실질적이며 한 곳으로 치우침이 없는 교육을 베푸는 일이었다. 이것도 처음에는 나, 그 다음에는 하트 씨, 그리고 최근에는 너 자신의 힘으로 예상했던 것 이상의 성과를 올렸다. 나의 기대에 너는 충분히 따라 주었다고 말해도 좋다. 그리고 지금 마지막으로 남아 있는 것이 사람과 사귀는 방법, 곧 예의범절을 가르치는 일이다. 이것을 모르면 모처럼 몸에 익힌 것이 불완전하게 되고, 빛을 잃어 어떤 면에서는 헛된 것으로 되어 버릴 것이다. 하지만 유감스럽게도 너는 이 점이 부족한 것 같으므로 이 편지는 그 점에 중점을 두어 쓰기로 하겠다.

2. 자기를 먼저 억제하고 상대에게 맞추어라.

　우리 부자가 잘 아는 어떤 분은 예의에 대해서, 서로 자신을 조금씩 억제하고 상대편에게 맞추려고 하는, '분별과 양식 있는 행위'라고, 멋진 설명을 하고 있다. 이 말에 이의를 제기하는 사람은 아마도 없을 것이다. 다만 분별과 양식 있는 사람이라고 해서 누구나 다 예의바른 사람이 될 수 있는 것이 아니라는 점은 오히려 놀랄 만한 일이다.

　확실히 예의를 어떻게 나타내는가는, 사람이나 지역이나 환경에 따라서 큰 차이가 있고, 그것은 실제로 자신의 눈으로 보고 귀로 듣지 않으면 알 수 없는 일이기는 하다. 하지만 예의를 존중하는 마음 그 자체는 어느 시대에나 어디를 가나 변함이 없을 것이다. 그러므로 뜻이 있느냐 없느냐가 예의가 바른 사람이 되느냐 못 되느냐의 열쇠가 되는 법이다. 여기서 네가 가슴에 새겨둘 점은, 예의가 특정 사회에 끼치는 영향은 도덕이 사회 전반에 끼치는 영향과 비슷하다. 그것은 사회를 하나로 묶고, 안정성을 높인다는 영향이다. 비슷한 것은 그것뿐만이 아니다. 일반 사회에서는 도덕적 행위를 권장하기 위해서 법률이라는 것이 제정되어 있다.

　그와 마찬가지로, 특정한 사회에도 예의바른 행위를 권장하고, 무례를 훈계하기 위해 속으로 감춰져 있는 규율과 같은 것이 있다. 이와 같이 이야기하면 법률과 속으로 감춰져 있는 규율을 동일시한다고 놀랄지도 모르지만, 나에게는 공통적인 것처럼 생각된다. 다른 사람의 소유지에 침입한 부도덕한 인간은 법에 의해서 벌을 받을 것이다. 그와 마찬가지로 다른 사람의 평화스러운 사생활에 함부로 침입한 무례한 인간도 사회 전체의 암묵적인 합의에 의해 추방당하게 되는 것이다.

문명사회에서 살고 있는 인간에게 있어 친절하게 행동하고, 상대방에게 주의를 기울이고, 조그만 희생은 무릅쓰는 것을 누구로부터 강요받는 것이 아니라, 자연적으로 몸에 익히는 일종의 암묵적 협정 같은 것이다. 그것은 왕과 신하의 관계에 있어, 왕이 신하를 감싸고 보호하는 대신, 신하는 명령을 따른다는 암묵적인 협정으로 결합되어 있는 것과 조금도 다를 바가 없다. 어느 쪽이든 간에 그 협정을 어긴 자가 협정에 의해서 생기는 이익을 박탈당하는 것은 당연한 보답이라고 할 수 있다. 나 자신의 생각을 말한다면, 예의를 잘 지킨다는 것은 선행 다음으로 사람들의 마음을 사로잡는 것이 아닌가 생각된다.

나도, '아테네의 장군 아리스테이데스Aristeides와 같다'라는 찬사를 들으면 누구 못지않게 기쁘다. 그리고 그 다음으로 기쁜 것은 '예의바른 사람'이라는 말을 듣는 것이다. 그러므로 너는 그만큼 예의가 소중한 것임을 알아야 한다.

279
제8부 자기 자신의 품격을 길러라

제6장
상황에 걸맞은 예의범절

1. 윗사람에게는 우아하게 행동하라.

지금부터 예의 전반에 대해 이야기하는 것은 이 정도로
해 두고, 다음은 상황에 걸맞은 예의범절로 이야기를 옮겨
가보자.

분명하게 윗사람이라는 것을 알 수 있는 사람이나, 공적
인 지위가 높은 사람에 대해서는 예의를 소홀히 하는 사람
은 별로 없다. 요컨대 그것을 어떻게 표현하느냐이다. 사리
분별이 있고 인생 경험이 많은 사람들은 목에 힘을 주지 않
고도 자연스럽게 최대한의 예의를 표현할 수 있다. 그런데
별로 훌륭한 사람들과 교제해 본 적이 없는 사람들은 실로
어색하기 짝이 없어, 옆에서 보고 있노라면 애처로울 정도로
힘들어하고 있는 것을 알 수 있다. 하지만 그렇다고 해서 존

경하는 사람 앞에서 보기 민망하게 의자에 걸터앉거나, 휘파람을 불거나, 머리를 박박 긁거나 하는 무례한 행위를 하는 사람은 없다. 윗사람 앞에서 조심해야 할 일은 단 한 가지, 즉 어려워하지 말고 힘을 빼고서 우아하게 예의를 다 해야 한다. 이것은 좋은 본보기를 관찰하여 실제로 그렇게 따라함으로써 몸에 익혀 두는 길밖에는 달리 방법이 없을 것이다.

2. 여러 부류의 사람들 앞에서는 기준을 지켜라.

뚜렷하게 내세울 만한 윗사람이 없는 여러 부류의 사람들 모임에서는 적어도 잠시 동안만큼은 그 자리에 초대받은 모두가 같은 입장이라고 보아도 좋다. 이 경우에는 두려운 마음이나 경의를 표해야 할 인물은 처음부터 없는 셈이므로 행동도 자유롭게 되기 쉽고, 긴장해야 할 일도 자연 적어진다. 하지만 어떠한 교제이든 간에 그 자리에서 지켜야 할 기준이라는 것이 있는 법인데, 이 경우에도 그것을 지키기만 하면 우선 무난하다고 할 수가 있다. 그렇지만 잊어서는 안 되는 것은, 특별히 주변을 조심하지 않으면 안 되는 사람도 없는 대신에, 누구나가 자신에게 일반적인 예의나 배려를 기대하고 있다는 점이다. 따라서 주의가 산만하거나 무관심한 행동은 허용되지 않는다. 예컨대 어떤 사람이 다가와서 시시한 이야기를 시작했다고 해도 너는 일단은 정중하게 응대해 주지 않으면 안 된다. 이야기를 무심코 건성으로 듣거나 해서 상대를 무시하고 있다는 것이 드러나게 되면, 아무리 대등한 입장이라 하더라도 그것은 이미 실례 정도가 아니라, 크나큰 무례가 되는 법이다. 이 말의 뜻은 상대방이 여성인 경우 더더욱 그렇다. 어떠한 지위에 있는 여성이라도 주목하는 것만으로는 충분치 못하며, 아부에 가까운 배려가 필요하다. 이를테면 좋아하고 싫어하는 것, 취미뿐만 아니라 건방진 태도에까지 신경을 써서 추켜올려 주고, 가능하면 그녀가 무엇을 원하고 있는가를 재빨리 판단해서 먼저 이야기를 꺼내라. 예의가 바른 사람은 모두가 그렇게 하고 있다.

여러 부류의 사람들 모임에서 예의를 다 하기 위해서는 어떻게 해야 하는가를 일일이 열거하자면 끝이 없을 뿐만 아니라, 너에게도 실례라고 생각되기 때문에 이 정도에서 그만해 두겠다. 그 다음은 너의 양식으로 판단하고, 무엇이 너에게 이로운가를 생각하면서 처신해 나가기 바란다.

3. 신분이나 지위가 낮은 사람을 적으로 만들지 말라.

혹시 너는 네 방을 청소해 주고 구두를 닦아 주는 고용인보다도, 너 자신은 이미 태어나면서부터 더 우수하다고 생각하고 있지는 않느냐? 하늘이 너에게 주신 행운에 감사해야 한다. 그리고 불우하게 태어난 사람들을 멸시하거나, 쓸데없는 말을 해서 그들의 불운을 되새기게 하는 일을 결코 해서는 안 된다.

나는 나와 비슷한 입장의 사람을 대할 때보다도 신분이나 지위가 낮은 사람을 대하는 태도에 신경을 더 쓰고 있단다. 그것은 그 사람의 노력이나 실력 등과는 아무 상관없이, 오로지 운명으로 인해 신분이나 지위의 차이를 새삼스럽게 의식케 함으로써 내가 하찮은 자존심을 만족시키고 있는 것처럼 오해받고 싶지 않기 때문이다. 하지만 젊은이들은 생각이 좀처럼 거기까지 미치지 못하는 것 같다. 명령적인 태도나 권위를 내세운 단정적인 말투를 쓰는 사람은, 용기 있는 사람이나 기개 있는 사람이라고 오해하기 쉽다. 생각이 미치지 않는 것은 조심성이 부족한 탓도 있지만, 일반적으로는 신경을 쓰려고 하지 않는다. 거만스럽거나 신분이 낮다고 업신여기고 있다고 오해받는 경우가 많다. 그렇게 되면 끝장이다. 상대방은 두고두고 앙심을 품게 된다. 물론 이럴 경우, 잘못한 것은 젊은이들 쪽이다. 상대가 성을 내는 것은 무리가 아닐 것이다.

　나 역시 네 나이 때, 사실 그랬다. 매력적인 일부 사람들의 마음을 사로잡는 데에만 정신이 팔렸고, 나머지 사람들은 별 볼일 없는 사람이니 보통의 예의조차도 지킬 필요 없다고 생각하고 있었다. 그래서 각료들이나 지식인이나, 빼어난 미인 등 화려하고 돋보이는 인물에게만 오로지 예의를 갖추고, 어리석게도 그 밖에 다른 사람에게는 전혀 예의를 지키지 않아서 그 사람들 모두를 화나게 만들어 버렸다. 이런 어리석은 행동의 결과, 나는 남성에게도 여성에게도 많은 적을 만들어 버렸다. 별 볼일 없는 사람이라고 생각하고 있었던 그들이 내가 가장 평판을 얻고 싶어 했던 장소에서 결정적으로 나에 대한 평가를 깎아내린 것이었다. 나는 그들에게 오만한 인간으로 낙인이 찍혀 있었다. 하지만 사실은 분별이 모자랐을 뿐이었다.

　옛날에 이런 격언이 있다. '인심을 얻은 왕이야말로 가장 마음 편하게 권력을 계속 유지할 수 있는 왕이다.'라는 격언이다. 신하에게 호감을 사는 것은 어떠한 무기보다도 강하다. 신하의 충성을 원하거든 신하의 두려움의 대상이 되는 것보다는 오히려 호감을 얻으라는 뜻이다. 이 말은 우리에게서도 똑같이 해당된다. 사람의 마음을 사로잡는 방법을 알고 있다는 것은 무엇보다도 강한 힘을 가지고 있는 것과 마찬가지임을 명심해라.

4. 보석은 갈고 닦아야 보배가 된다.

　이제부터 이야기하고 싶은 것은, 그런 곳에서 실수를 할
리가 없다고 하는 그릇된 판단에서 뜻하지 않은 실패를 하
고 마는 경우이다. 그렇다, 아주 친한 친구나 아는 사람에 대
한 행동에 대해서이다. 친한 사이라면 편안한 기분을 가져도
좋다. 또 그래야만 당연하다. 그리고 그러한 관계가 사생활
에 편안함을 주는 것도 사실이다. 그러나 그렇다고 해서 일
상적인 경우라면 결코 발을 들여놓아서는 안 되는 영역까지
발을 들여놓아도 좋다는 뜻은 아니다. 자기가 말하고 싶은
대로 제멋대로 지껄이면 가까운 친구와의 즐거워야 할 대화
도 금방 시들해져 버린다.
　이와 같이 막연한 이야기로는 네가 납득이 잘 가지 않는
다고 생각되므로 한 가지 확실한 예를 들어 보자. 이를테면
나와 네가 같은 방 안에 있다고 하자. 나는 내가 무슨 일을
해도 상관없다고 생각하고 있으며, 너 또한 너하고 싶은 대
로 하리라고 생각하고 있다고 하면, 그 때 두 사람 사이에는
아무런 예의나 자제함이 필요 없는 것으로 내가 생각하고
있는 줄 아느냐? 그런 생각은 털끝만큼도 없다. 나는 아무
리 자식인 네가 내 상대라도 어느 정도의 예의를 지켜야 한
다고 생각하고 있다. 정도의 차이는 있겠지만, 그것은 다른
사람에 대해서도 마찬가지이다. 네가 만약 이야기하고 있는

동안에 내가 줄곧 딴 생각을 하고 있거나 크게 하품을 하거나 실수를 한다면 나는 부끄럽게 생각할 것이다. 아무리 가까운 사이라도 오래 지속해 나가고 싶으면, 어느 정도의 예의는 필요한 법이다. 남편과 아내가 낮과 밤을 함께 보낼 때, 사양도 예절도 모두 없애 버린다면 어떻게 될까? 단란했던 사이도 얼마 안 가서 싫증을 느끼게 되고, 서로 무시하거나 가볍게 될 것임에 틀림없다.

사람은 누구나 나쁜 점을 가지고 있다. 그것을 그대로 노출하는 것은 단지 예의에 어긋나는 일일 뿐만 아니라 무분별하기도 한 것이다. 너는 모든 사람들과 언제까지나 사이좋게 지낼 수 있는 가장 알맞은 예의를 익히도록 해라. 그렇게 하는 것이 무엇보다도 필요하다. 예의에 대해서는 이제 이 정도로 해 두겠다. 너는 다만 하루의 절반은 예의를 몸에 익히는 데 힘써 주기 바란다.

다이아몬드도 원석 그대로일 때에는 아무런 쓸모가 없다. 그 가치는 있을지 모르지만, 갈고 닦여져야 비로소 사람들의 몸에 장식된다. 물론 다이아몬드가 아름다운 것은 원석이 견고하고 밀도가 높기 때문이다. 그렇지만 갈고 닦는다고 하는 최후의 마무리 작업이 이루어지지 않으면 언제까지나 더러운 원석 그대로 남아 있게 되어, 기껏해야 호기심이 강한 수집가의 진열장에 들어가는 것이 고작일 것이다. 너 역시 알맹이는 밀도가 높고 견고하다. 적어도 나는 그렇게 믿고 있다. 그 다음은 지금까지와 같은 수준으로 노력하여 갈고 닦

아 주기 바란다. 네가 사용법만 알고 있다면 주위의 훌륭한
사람들이 너를 찬란한 모양으로 조각하여 아름다운 광채가
나도록 갈고 닦아 줄 것은 틀림없는 사실이다.

제8부 자기 자신의 품격을 길러라

제9부

내 아들에게 띄우는 인생 최대의 교훈

제1장
말과 행동은 부드럽게, 의지는 굳건하게 하여라

1. 굳건함과 유연함을 겸비한 사람이 되어라.

나는 너에게 언젠가 이런 말을 소개하고, 항시 마음속에
넣어 두고 행동해 주기 바란다는 내용의 글을 쓴 적이 있었
는데, 혹시 기억하고 있느냐? 그것은 바로 '말과 행동은 부
드럽게, 의지는 굳건하게'라는 말이다. 인생의 그 어떤 경우
에도 이 말만큼 활용할 수 있는 말은 없다고 해도 좋을 것이
다. 이 말에 대해서 오늘은 나이 지긋한 설교자가 된 심정으
로 설교해 보겠다. 먼저 이 말을 구성하는 두 가지 요소, 이
를테면 '말과 행동은 부드럽게'와 '의지는 굳건하게'에 대해
서 설명하고, 다음에 이 두 가지가 합쳐졌을 때 어떠한 효과
를 가져 오는가에 대해서, 그리고 마지막으로 그 실천에 대
해서 언급하겠다.

사람을 대하는 말과 행동이 단지 부드러울 뿐이고 의지가 굳세지 못하면 어떻게 되는가? 그것은 오로지 붙임성이 좋을 뿐, 소극적인 인간으로 전락해 버린다. 반대로, 의지는 굳센데 말과 행동이 부드럽지 못한 사람은 어떨 것인가? 그런 사람은 다만 용맹스럽고 사나울 따름이며, 앞뒤 생각도 없이 돌진하는 인간이 될 것이다. 양쪽 다 갖추는 것이 바람직하지만, 그런 사람은 여간해서 찾기 어렵다. 의지가 굳센 사람 중에는 혈기 왕성한 사람이 많은데, 이들은 말과 행동이 부드러운 것을 연약함이라고 단정하여 그 어떤 일이든지 힘만으로 밀어붙이려고 한다. 상대편이 내성적이고 소심한 경우에는 이런 사람은 자기 뜻대로 일이 진행되지만, 그렇지 않을 경우에는 상대편의 화를 불러일으키거나 반감을 사서 목적을 달성하기 어렵다. 그리고 사람을 대하는 말과 행동이 부드러운 사람 가운데는 교활한 사람이 많아, 그런 사람은 모든 것을 부드러운 대인 관계로 손에 넣으려고 한다. 이른바 팔방미인의 경우가 바로 그것이다. 마치 자기 자신의 의지 따위는 전혀 없는 것처럼 그 때 그 자리에서 얼마든지 상대편에 맞추어 간다. 이런 사람은 어리석은 사람은 속일 수 있어도, 그 밖의 사람은 속일 수 없어 곧바로 본색이 드러나고 만다.

　　말과 행동의 유연함과 의지의 굳건함을 겸비할 수 있는 사람은 강압적인 사람도 팔방미인도 아니다. 지혜로운 사람일 뿐이다.

2. 강한 의지일수록 유연함으로 감싸라.

그렇다면 이 두 가지를 겸비하고 있으면 어떤 이득이 있는가? 다른 사람에게 명령을 내리는 입장에 서 있을 경우, 공손한 태도로 명령을 내리면 그 명령은 기꺼이 받아들여지고, 기분 좋게 실천에 옮겨질 것이다. 그렇지만 무턱대고 강압적으로 명령하면 그 명령은 적당히 수행되거나, 중간에서 무산되어 버린다. 예컨대 내가 부하에게,

"술을 한 잔 가져와!"

하고 난폭하게 명령했다고 하자. 그런 식으로 명령했을 때, 나는 그 부하가 술을 가져올 때 내 옷에 술을 엎지르리라는 것을 각오해 두어야 할 것이다. 왜냐하면 그런 일을 당해도 마땅한 일을 했기 때문이다. 명령을 내릴 때는 물론 복종하기 바란다는 식의 냉정하고도 굳건한 의지를 나타내는 일도 필요하다. 하지만 그 명령을 부드러움으로 감싸고, 상대가 쓸데없는 열등감을 갖게 하지 않도록, 될 수 있는 한 기분 좋게 명령에 따르도록 배려하는 것도 필요하다. 그것은 네가 윗사람에게 어떤 것을 부탁할 때나, 당연한 권리를 요구할 때도 마찬가지이다. 겸손한 태도로 그것을 하지 않으면 본래부터 네 부탁을 거절하고 싶어 하는 사람에게 적당한 구실을 제공하게 된다. 그렇다고 해서 부드러움만으로도 일은 생각대로 되지 않는다. 결코 뒤로 물러서지 않는 끈기와

품위를 잃지 않는 집요함으로 의지가 얼마나 굳건한가를 보여 주는 일이 중요한 법이다. 말과 행동을 유연하게 해서 상대편의 마음을 사로잡아야 한다. 그렇게 하면 적어도 거절할 구실은 주지 않게 되는 법이다. 하지만 동시에 의지가 굳건하다는 것을 보여 줌으로써 보통 때 같으면 들어주지 않을 만한 일이라도 귀찮으니까, 원한을 사는 것이 두려우니까 하는 생각을 갖게 해서 들어 주도록 만들면 좋을 것이다.

신분이 높은 사람은 사람들의 온갖 청탁이나 불평에 익숙해져 있다. 외과 의사들이 환자가 호소하는 통증에 불감증이 되어 있는 것과 마찬가지로 어떤 것이 진짜이고 어떤 것이 가짜인가의 구별도 할 수 없는 정도이다. 따라서 보통으로 호소해서는 좀처럼 들어주지 않는다. 다른 감정에 호소할 수밖에 없다. 이를테면 부드러운 말씨와 태도로 호의를 얻어낸다든지, 끈질기게 호소해서,

"이제 그만, 알았어."

라고 굴복시키든지, 혹은 들어주지 않으면 평생을 두고 원망하겠다는 듯이 차가운 태도를 취하여 두려움을 갖게 하는 것이 좋다. 진정으로 굳건한 의지는 바로 이런 것이다. 결코 그것은 우격다짐으로 밀고 나가는 것이 아니다. 부드러운 언동과 굳건한 의지를 겸비하는 일이야말로 경멸당하지 않고 사랑받으며, 미움을 받지 않고 존경심을 갖게 하는 유일한 방법이다. 그리고 세상의 슬기로운 사람들이 한결같게 몸에 익히고 싶어 하는 위엄을 익히는 방법이기도 한 것임을

분명히 알아야 한다.

3. 양보하는 것과 온유한 것은 다르다.

이어서 실천 쪽으로 이야기를 진행해 보자. 감정이 격해져 사려가 없거나, 무례한 말이 자신도 모르게 입 밖으로 튀어나올 것 같으면, 자신을 억제하고 말과 행동을 부드럽게 해야 한다. 갑자기 감정이 폭발할 것 같으면 진정될 때까지 입을 다물고, 표정의 변화를 다른 사람이 알아차리지 못하도록 신경을 집중시켜라. 하지만 그렇다고 해서 더 이상 한 발자국도 양보할 수 없는 곳에서는 비위를 맞추는 등 상대방에게 나약하게 아첨하는 행동을 해서는 안 된다. 그럴 경우에는 공격 일변도로 집요하게 공격을 되풀이하는 것이 좋다. 그렇게 하면 목표물이 어김없이 손에 들어오게 마련이다.

언제나 온유하고 내성적이며 길을 양보하는 사람은, 사악한 인간이나 다른 사람의 고통을 이해하지 못하는 인간에게 짓밟히고 멸시를 받을 뿐이다. 단, 거기에 하나의 강력한 뼈대가 더 보태지면 사람들로부터 존경을 받게 되고, 또한 웬만한 일은 뜻대로 된다. 친하게 지내는 사이이거나 아는 사람에게 대해서도 마찬가지다. 조금도 흔들림이 없는 의지의 힘은 그들의 마음도 사로잡을 것이다. 그리고 부드러운 언행은 그들의 적을 자기의 적으로 만드는 것을 막아 줄 것이다. 여기에서 유념해야 될 것은 자기의 적에 대해서도 부드러운 태도로써 마음의 문을 열도록 만들어야 한다. 이와 동시에 상대방에게 굳건한 의지를 보여 주어, 자기에게는 화날 만한 정당한 이유가 있음을 보여 주는 것도 때로는 중요하단다. 무엇보다도 자기는 상대방과 달라서 악의를 품는 따위의 소견 좁은 짓은 하지 않는다, 자기가 하고 있는 일은 사려 분별이 있는 정당방위라는 점을 분명하게 밝혀 두도록 해라.

4. 자기 생각대로 일을 진행시키는 비결

어떤 일에 대한 교섭을 할 경우에도 의지의 굳건함을 느끼게 하는 것을 잊어서는 안 된다. 부득이 타협하지 않으면 안 될 때까지 한 발자국도 물러서서는 안 되며, 절충안도 받아들여서는 안 된다. 부득이 타협해야만 될 경우에도 저항하면서 한 발자국씩 한 발자국씩 천천히 물러서야 한다. 그렇게 하면서도 부드러운 태도로 상대방의 마음을 사로잡는 것을 잊어서는 안 된다. 상대방의 마음을 사로잡을 수 있다면 이해를 얻어 마음을 움직이게 할 수 있을지도 모른다. 떳떳하고 솔직하게 다음과 같이 말해 보는 것도 좋다.

"문제는 몇 가지 있습니다만, 그렇다고 해서 귀하에 대한 저의 존경심에는 변함이 없습니다. 오히려 그 반대로, 이번 일에서는 귀하의 노고를 보고, 그 뛰어난 능력과 열의에 감탄하고 있습니다. 이처럼 훌륭하게 일을 하시는 분을 저 개인적으로 가까이할 수 있다면 좋겠다고 생각합니다."

이와 같이 '말과 행동은 부드럽게, 그리고 의지는 굳건하게'를 변함없이 처음부터 끝까지 밀고 나간다면 대개의 교섭은 성공적으로 해결되는 법이다. 최소한 상대방의 뜻대로는 되지 않는다.

5. '북풍과 태양'의 우화에서 얻는 자기 관철 법

지금 내가 아무리 말과 행동을 유연하게 하라고 강조하고 있지만, 그것이 온순 하기만한 부드러움이 아니라는 것은 이제 너도 이해하고 있을 것이다. 사실 그런 것은 아니다. 자기의 의견은 분명히 말해야 하며, 무엇보다도 다른 사람의 의견이 잘못되었다고 생각되었을 때는 분명하게 그렇게 말해야 한다. 또한 내가 문제로 삼고 있는 것은 말하는 태도이다. 그것을 말할 때의 태도나 분위기, 언어의 선택 방법, 그리고 목소리 등을 모두 부드럽고 상냥하게 하라는 것이다. 여기에는 강제성이나 무리가 따라서는 안 된다. 그냥 자연스러워야 하는 법이다. 다른 사람과 서로 다른 의견을 말할 때도 상냥하고 품위 있는 표정을 짓고, 말씨도 부드러운 것을 선택하면 좋다.

"제가 어떻게 생각을 하고 있는지를 물으신다면, 저는 이렇게 대답하겠습니다. 하지만 그다지 확신을 가지고 있는 것은 아닙니다만……"

이라든지,

"정확히는 모릅니다만, 어쩌면 이런 뜻이 아닐까요?"

라는 식의 말투이다. 한 발자국 물러선 말투라고 해서 설득력이 없는 것은 아니다. 오히려 '북풍과 태양'의 우화처럼 상대방의 마음을 틀림없이 사로잡게 될 것이다. 그리고 토론은 기분 좋게 끝내야 한다. 자기도 상처를 입지 않았고, 상대방의 인격도 손상시킬 생각이 없다는 점을 똑똑히 태도로 보여 줄 필요가 있다. 왜냐하면 의견의 대립은 비록 일시적이더라도 서로를 멀리하게 만들기 때문이다. 태도도 내용과 똑같이 중요한 때가 있다. 호의를 베풀려고 했던 것이 적을 만들고, 심술궂은 마음으로 한 것이 친구를 만들기도 하는 등, 태도 여하에 따라서 상대가 받아들이는 것이 달라지는 것이다.

제2장
강건하지 않으면 험한 세상을 살아갈 수 없다

1. 살아가는 지혜를 먼저 알고 실천 하여라.

세상에는 다소 전략적일지 모르겠지만, 순하고 꾸밈이 없이 살아가는 지혜 같은 것이 있다. 특히 이런 것을 젊은이는 몹시 싫어하기 쉬운데, 내가 지금부터 이야기하려는 것도 훗날에 네가 '알아두었더라면 좋았을 걸'하고 후회하게 될 것들 중 하나라고 생각한다.

살아가는 지혜의 근본은 감정을 겉으로 드러내지 않고, 말이나 행동이나 표정에서 마음이 동요하고 있다는 것을 알아차리지 못하도록 하는 일이다. 상대방이 일단 알아차렸다면 끝장이다. 자기 조종이 능숙하고 냉정한 상대편의 뜻대로 되어 버린다. 이것은 직장 생활에 한정된 것이 아니다. 자기도 모르게 상대에게 평소의 생활에서도 조종을 당할 가능성은 얼마든지 있다. 싫은 말을 들으면 노골적으로 화를 내거나 표정을 바꾸는 사람, 기쁜 말을 들으면 뛸 듯이 기뻐하거나 표정이 풀어져 버리는 사람, 이런 사람들은 교활한 사람이나 능청스러운 사람의 희생물이 되기 쉽다.

교활한 사람은 고의적으로 상대방이 성나게 만드는 말을 하거나 기뻐할 말을 해서 반응을 살핀다. 또한 이것은 능청스러운 사람도 마찬가지다. 여기서 다른 점이라면, 자기도 모르게 교활한 사람과 똑같은 짓을 하지만 자기의 이익으로는 삼지 못하고, 그 이익이 주위 사람들에게 돌아간다는 점을 유념해 두어라.

2. 자신의 성격을 변명으로 이용하지 말라.

네가 냉정한지 그렇지 않는지는 의지의 힘으로 어떻게 할 수 없는 것이 아니냐고 의문을 가질지 모른다. 분명히 냉정한지 아닌지는 성격에서 비롯되는 수가 많다. 하지만 우리는 무엇이든지 성격 탓으로 돌려 변명하는 경우가 많다. 마음먹고 노력만 한다면 조금은 개선할 수 있는 부분이 있다고 생각한다. 평범한 사람은 이성보다 먼저 성격을 앞세우는 습관이 굳어져 있다. 그러나 노력만 하면 그 반대의 일, 즉 이성으로 성격을 억제하는 습관도 몸에 익힐 수 있는 것이라고 나는 믿는다. 갑자기 감정이 폭발할 것 같아 억제할 수 없게 되어 있다면, 그 감정이 진정될 때까지 먼저 입을 다물고 있는 것이 좋다. 얼굴 표정도 될 수 있는 대로 바꾸지 말아야 한다. 평소에도 이 말을 명심하고 있으면 틀림없이 가능하게 된다. 제법 현명한 것 같은 말이나 재치 있는 말, 멋진 말 등을 무의식중에 하고 싶어지지만, 이런 말들은 찬사는 받을지 몰라도 호의적으로 받아들여지지는 않는다. 오히려 적을 만들 뿐이다.

이와 반대로, 만약 너를 빈정거리는 말을 들을 때의 가장 좋은 방법은 못 들은 척하는 것이다. 너무 가까이에서 들었기 때문에 그렇게 할 수 없을 때는 그들과 함께 웃고, 상대가 말한 내용을 인정해라, 헐뜯는 방법으로는 재치 있다고 칭찬해 줌으로써 부드럽게 그 자리를 넘겨야 한다. 어떤 일이 있어도 똑같은 식으로 반박해서는 안 된다. 만약 그런 짓을 한다면, 자기가 상처를 입었다는 것을 공표하는 것과 마찬가지여서, 모처럼의 수고도 물거품이 되어 버린다.

   3. 상대방이 자기의 속마음을 읽게 하지 말라.

   무슨 일을 협상할 때는 혈기 왕성한 사람과 상대할 때만큼 좋은 결과를 얻는 일은 드물다. 상대편은 혈기가 왕성하기 때문에 사소한 일에도 마음이 흐트러져서 엉뚱한 말을 입 밖에 내거나 표정에 나타내거나 한다. 그런 사람을 상대할 때는 넘겨짚어서 표정을 관찰하면 된다. 그렇게 하면 반드시 그 속셈을 알 수 있다. 특히 비즈니스에서는 상대의 속마음을 읽느냐 못 읽느냐가 성공의 열쇠이다. 자기의 감정이나 표정을 감출 수 없는 사람은 그렇게 할 수 있는 사람에게 항상 당하기 마련이다. 다른 모든 조건이 대등할 경우에 그러하므로 만약 상대가 능란한 수완가인 경우에는 더더욱 승산이 없다.
   "시치미를 뚝 떼고 있으라는 말씀입니까?"
   라고 너는 말할 것이다. 그렇지만 그렇게 하는 것은 잘못이 아니다. 옛날부터 전해 오는 말 중에 '속마음을 상대방에게 읽히면 상대방을 제압할 수가 없다.'는 것이 있다. 나는 더 극단적으로 이렇게 말하고 싶다.

"속마음을 상대방에게 읽히면 아무 일도 성취시킬 수 없다."

똑같이 시치미를 떼는 일이라도 속마음을 상대방에게 읽히지 않도록 시치미를 떼는 일과, 상대방을 속이기 위하여 시치미를 떼는 일과는 크게 다르다. 그리고 그릇된 것은 후자의 경우이다. 사람을 속이기 위해서 감정을 숨기는 것은 도덕에 어긋날 뿐만 아니라, 비열한 짓이라고 말하지 않을 수 없다. 베이컨Bacon 경도 다음과 같이 말하고 있다.

"상대방을 속이는 것은 옳게 배운 사람이 할 일이 아니다. 자기의 속마음을 남에게 읽히지 않기 위하여 감정을 감추는 것은 트럼프의 카드를 보여 주지 않는 것과 같지만, 상대편을 속이기 위하여 그렇게 하는 것은 상대편의 카드를 훔쳐 보는 것과 다를 바가 없다."

영국의 정치가인 볼링브로크Bolingbroke 경도 그의 저서에서 다음과 같이 말하고 있다.

"사람을 속이기 위하여 감정을 감추는 것은 어쩌면 단검을 휘두르는 것과 같아 바람직하지 않은 행위일 뿐만 아니라, 불법 행위이기도 하다. 단검을 사용하게 되면, 그것은 어떠한 정당한 이유도 변명도 통용되지 않는다."

한편, 속마음을 다른 사람에게 읽히지 않도록 감정을 감추는 것은 방패를 드는 것과 마찬가지이며, 기밀을 보전하는 것은 갑옷을 입는 것과 같은 것이다. 어떤 일을 할 때에도 어느 정도 감정을 감추지 않으면 기밀을 보전할 수 없고, 기밀을 보전할 수 없으면 일이 제대로 되지 않는다. 그런 의미로 봐서는 마치 귀금속에 합금을 섞어서 돈을 주조하는 기술과 매우 비슷하다. 돈은 합금을 조금 섞는 것은 필요하지만 너무 지나치게 섞으면 통화로서의 가치를 잃고, 주조자의 신용도 떨어져 버리는 법이다.

너는 아무리 마음속에서 감정의 폭풍이 거칠게 불어도 그것을 얼굴이나 말에 나타내지 않도록, 자기의 감정을 완전히 숨길 수 있도록 노력하기 바란다. 이것은 어렵고 힘든 일이지만 불가능한 일은 아니다. 지성을 갖춘 사람은 불가능에는 도전하지 않지만 아무리 곤란한 일이라도 추구할 가치가 있는 일이라면 반드시 해 내는 법이다. 너 역시 이와 같이 노력해 주기를 부탁한다.

제3장
적절히 선의의 거짓말을 이용해라

1. 때로는 알고 있는 사실도 모르는 척해야 할 때가 있다.

자기가 이미 알고 있는 사실을 모르는 척한다는 것은 어떤 경우에는 크게 도움이 되는 지혜가 아닐까? 예컨대 네가 누군가에게 무슨 이야기를 하려고 할 때 모르는 척한다. 그러자 그 사람이 묻는다.

"이런 이야기를 아십니까?"

너는 대답한다.

"아니, 모릅니다."

설령 알고 있더라도 모르는 척하여 상대편이 계속 이야기하도록 한다. 세상에는 이야기를 하는 데 기쁨을 느끼는 사람도 있을 것이다. 또한 지적인 발견에 대하여 이야기하고, 그것으로 자존심을 만족시키고 싶은 사람도 있을 것이다. 이런 중요한 이야기를 들려 줄 만큼 자기는 신뢰를 받고 있다는 점을 자랑하고 싶어서 떠드는 사람도 있을 것이다.

"이런 이야기를 아십니까?"

라고 질문을 받았을 때,

"예."

하고 대답해 버리면 그 사람은 실망해 버릴 것이다. 그리고 결국은 눈치가 없는 사람이라 하여 상대하기 싫어하게 될 것이다. 개인적인 중상이나 좋지 못한 소문은 귀가 따가울 정도로 들었더라도 흉금을 터놓을 수 있는 친구가 아니라면 아예 못 들은 척하는 것이 좋다. 이런 경우에 대개는 듣는 쪽도 이야기하는 쪽과 마찬가지로 나쁘다고 여겨지기 쉽다. 그러므로 그런 화제가 입에 오르면, 실은 다 알고 있는 이야기라 할지라도 도무지 모르고 있는 척 가장하고, 정상을 참작하는 의견 쪽에 붙는 편이 좋다. 이와 같이 언제나 아무 것도 모르는 척을 해 두면, 어떤 우연한 기회에 정말로 알지 못했던 정보를 완벽하게 듣게 되는 일도 있을 것이다. 그리고 사실 이 방법이야말로 정보를 수집하는 최상의 방법이기도 한 것임을 너는 알아야 한다.

2. 완전 무장을 하고 싸움터로 나가라.

대다수의 사람들은 하찮은 일에 대해서도, 단 한 순간일
지언정 높은 위치에서 허영심을 만족시키고자 하는 법이다.
그리하여 사실은 말해서는 안 되는 일까지도 상대편이 모르
는 것을 자기가 가르칠 수 있다는 것을 과시하기 위해 그만
입을 열고 떠들기 시작하는 것이다. 그럴 경우 모르는 척 시
치미를 떼면 정보를 얻을 수 있는 일 이외에도 득을 보는 수
가 있다. 다시 말해 정보를 입수하는 데 아무 관심도 없다고
여겨져, 그 결과 음모와 나쁜 계략과는 아무 관련이 없는 인
물이라고 상대는 믿게 된다.

어쨌든 정보는 수집해야 한다. 어설프게 들은 정보는 자
세히 조사하지 않으면 안 된다. 그리고 정보를 수집할 때는
현명한 방법을 취해야 한다. 항상 귀를 곤두세우거나, 직접
질문하는 것은 현명한 방법이 못 된다. 그런 짓을 하게 되면
상대편은 그만 경계 태세를 취하고, 같은 이야기를 몇 번이
고 반복하는 등 시시한 정보밖에 얻을 수 없게 된다. 모르는
척하는 것과는 반대로, 당연히 모든 것을 알고 있는 척하는
것도 때로는 효과가 있다.

"그래, 바로 그 이야기 말씀입니까?" 라고 친절하게 모
든 것을 이야기해 주는 사람이 있고,

"이런 이야기를 이미 들었는지 모르지만,

사실은……" 라고 말해 주는 사람도 있다.

그리고

"모르는 것은 그 밖에 또 없습니까?"

하면서 이것저것 캐묻거나 정보를 제공해 주는 사람도 있다. 그러므로 생활의 지혜를 능숙하게 활용하기 위해서는 항상 자신이나 주위 사람에 대해서도 주의를 기울이고 냉정하지 않으면 안 된다. 불사신이었던 아킬레우스Achilleus도 싸움터로 나갈 때는 완전 무장을 했다. 사회는 싸움터와 같은 곳이다. 항상 완전 무장을 하고, 약점에는 갑옷을 더 겹쳐 입을 정도의 마음가짐이 있어야 한다. 사소한 허점과 약간의 방심이 너에게 치명상이 될 수가 있다.

제4장
친분 관계도 네 실력의 하나이다

1. 훌륭한 인물과 사귀면 반드시 좋은 결과가 있다.

몽펠리에에 머무르고 있는 너에게 이 편지가 배달될 것이라고 믿는다. 원하건대 몽펠리에에서 하트 씨의 병도 완쾌되어 크리스마스 전까지 파리에 도착하기를 기도하고 있다. 너에게 꼭 소개하고 싶은 사람이 파리에 두 분 있다. 두 분 다 영국 사람인데, 주목할 만한 분들이다. 그분들과 친하게 지내도록 너에게 권하고 싶다. 그 중 한 분은 여성이다. 그렇다고 해서 이성으로서 가까이하라는 것은 아니다. 그 문제는 내가 관여할 것도 아니다. 너에게는 유감이지만, 그 여성은 오십 세가 넘었다. 전에 너에게 디종까지 가서 만나 뵙고 오라 했던 바로 그 하비 부인이시다. 다행스럽게도 파리에서 이번 겨울을 보내신다고 한다. 하비 부인은 궁정에서 태어나 거기에서 자랐으며, 궁정의 쓸모없는 부분을 제외한 좋은 부분을 갖고 있다. 예의바르고 품위 있으며, 친절한 분이다. 식견도 높고, 여성으로서 읽어야 할 책은 모두 읽었을 뿐만 아니라, 아니 필요 이상으로 읽으신 분이다. 라틴어도 능통하게 구사하신다. 사람들이 눈치 채지 않도록 그녀는 너를 친자식처럼 대해 주실 것이다. 너도 그 부인을 나의 대리인으로 생각하면서 무엇이든 의지하고 서로 의논하며, 부탁을 드리면 된다. 나는 하비 부인처럼 모든 것을 갖추고 있는 여성은 없다고 확실히 믿고 있다.

　네 자신의 언행이나 예법이 부족하고 합당치 못한 점 등이 발견되면, 그 때마다 지적해 주시도록 부탁해라. 온 유럽을 다 찾아도 하비 부인만큼 이 역할을 분명하게 해낼 수 있는 분은 없다고 생각한다. 또한 너에게 소개하고 싶은 다른 한 분은, 너도 조금은 안면 있는 한팅던 백작이다. 내가 너 다음으로 애정을 쏟고 높이 평가하고 있는 분인데, 나를 양아버지처럼 따라 주고 있으며, 또 사실 기쁘게도 나를 그렇게 불러 주고 있다. 거기에다 그는 뛰어난 자질과 해박한 지식을 갖추고 있으며, 그 밖에도 그의 성격을 합하여 종합 평가를 한다면 이 나라에서 가장 훌륭한 청년이라고 생각한다.

　이와 같은 인물들과 친숙한 관계를 맺어 두면 언젠가는 반드시 좋은 일이 생길 것이다. 그 역시 나의 심정을 헤아리고 너와 친밀하게 사귈 생각을 하고 있다.

2. 지혜롭게 두 가지의 친분 관계를 이용해라.

무엇보다도 우리가 살아가는 이 사회에서는 연고 관계가 필요하다. 신중하게 관계를 쌓고, 그것을 제대로 유지해 나갈 수 있으면, 그러한 친분 관계를 가진 사람의 성공은 틀림없이 보장된다. 여기서 친분 관계를 두 가지로 나눌 수 있는데, 너는 그 차이를 언제나 마음속에 새겨두고 행동하기 바란다.

첫 번째는 대등한 연고 관계이다. 이것은 소질이나 역량이 거의 비슷한 두 사람이 쌓아가는 호혜적인 관계인데, 비교적 자유로운 교류와 정보 교환이 이루어진다. 이러한 관계는 서로의 능력을 인정하고, 상대편이 자기를 위해서 스스로 힘써 준다는 확신이 없으면 성립되지 않는다. 왜냐하면 그 밑바탕에 흐르고 있는 것은 상대편에 대한 존경심 때문이다. 거기에는 한 번씩 서로의 이해관계가 대립되는 경우가 있더라도 결코 깨어지지 않는 상호 의존 관계가 있으므로, 설령 이해가 대립되더라도 서로 조금씩 양보하면 최종적으로 합의에 도달하여 통일된 행동을 취하게 된다. 내가 한팅던 백작과 너에게 바라고 있는 것은 바로 이와 같은 관계이다. 두 사람 모두 거의 비슷한 시기에 사회에 진출할 것이다. 그 때 너에게 백작과 거의 비슷한 능력과 집중력이 있으면, 너희들은 다른 젊은이들과도 손을 잡고 모든 행정 기관이 무시할 수 없는 집단을 결성할 수 있을 것이며, 또 그렇게 함으로써 함께 발전해 나갈 수 있게 될 것이다.

두 번째는 대등하지 않은 연고 관계이다. 한 쪽에는 지위나 재산이 있고, 다른 한 쪽에는 소질과 능력이 있다고 하는 경우가 그것이다. 이 관계에서는 도움을 받을 수 있는 것은 한 쪽뿐이고, 그 도움도 겉으로 드러나지 않도록 교묘하게 덮여져 있는 경우가 많은 것이다. 도움을 받는 쪽은 상대편의 비위를 맞추거나 마음에 들도록 행동해야 하는데, 이 때 상대편의 우월감에 대해 꾹 참고 있다.

그 반대로 도움을 베푸는 쪽은 핵심을 조종당하여 머리가 잘 돌아가지 못한 상태로, 자기로서는 상대편을 잘 조종하고 있는 줄 알고 있다. 그러나 사실은 자기 혼자만 그렇게 생각하고 있을 뿐, 상대편이 생각대로 하고 있다. 이런 사람을 교묘하게 조종만 한다면 조종하는 쪽에 커다란 이익을 가져다주는 경우가 많다. 이런 경우는 너에게 전에 한 번 편지로 쓴 일이 있다고 생각되는데, 그 밖에도 이와 비슷한 내용의 글을 다른 곳에서 스무 번, 아니 서른 번이나 쓴 일이 있다. 그 정도로 한 쪽에만 이익을 가져다주는 이 관계가 일반화되어 있다고 할 수 있다.

제5장
경쟁자에게 어떻게 하면 승리하는가

1. 성공은 선의의 경쟁에서 앞당겨 진다.

그 무엇보다도 자기가 싫어하는 사람을 애정 어린 태도로
대하기 위해서는 어떻게 하면 좋은가를 알아두는 것은 중요
하다. 그렇지만 그 점을 알고 있어도 막상 실천에 옮기려고
하면 좀처럼 잘 되지 않는 것이 젊은이들이다. 흔히 젊은이
들이란 사소한 일로 흥분하여 앞뒤를 가리지 못하게 되어
버린다. 직장 생활이나 연애 문제에 있어서도 그렇지만, 자
기의 생각을 비판하는 말을 들으면 그 자리에서 상대를 싫
어하게 되기 쉬운 법이다. 젊은이들에게는 경쟁자 역시 적과
다름없다. 경쟁자가 눈앞에 나타나면 노력해서 잘 행동한다
해도 곧 어색해하고, 냉담한 태도나 무례한 태도를 취하며,
어떻게 해서든지 상대편을 넘어뜨리는 방법은 없을까 하고

생각하기 마련이다. 정말 터무니없는 생각이다. 상대에게도 마음에 드는 일이나 여성을 선택할 권리가 있는데, 그런 짓을 하는 것은 통찰력이 부족한 증거이다. 경쟁자에게 냉담하게 대한다고 해서 자기 소원이 이루어지는 것은 아니다. 오히려 그렇게 되기는커녕 경쟁자끼리 서로 싸우고 있는 틈에 제삼자가 끼어들어서 이익을 챙기는 경우도 종종 일어날 수가 있다. 물론 사태는 그리 단순하지는 않을 것이다. 어느쪽도 그렇게 간단하게 방향 전환을 할 수 있는 것도 아니고, 일이든 연애이든 간에 간섭받기를 별로 원치 않는, 미묘한 문제임에는 틀림없다.

예를 들어 두 사람의 연적이 서로 노려보고 있다고 하자. 이 때 두 사람이 불쾌한 얼굴을 하고 외면하거나 욕을 주고받으면, 그 자리에 있던 사람들은 틀림없이 불쾌한 마음이 될 것이다. 그리고 그들이 사랑하는 여성조차도 불쾌한 생각을 갖게 될 것이 뻔하다. 그런데 어느 쪽이든 겉으로는 연적에게 상냥하고 자연스럽게 대한다면 어떻게 될 것인가? 다른 한 쪽의 인물이 초라하게 보여, 여성은 상냥하게 대하는 쪽에 호의를 갖게 될 것이다. 그러나 상대에게 상냥한 응대를 받은 쪽은, 그 상냥한 태도를 자신감의 표현이라고 해석하여, 그 여성을 책망할 것임에 틀림없다. 그러면 그 여성도 그러한 이성 없는 태도에 화를 내어 두 사람 사이는 멀어지게 될 것이 틀림없다.

2. 훌륭한 경쟁 관계가 일을 성공시키는 열쇠가 된다.

일에 대한 경쟁자도 똑같은 것이다. 자기의 감정을 억제하고 겉으로 냉정해질 수 있는 사람은 경쟁자에게 이길 수 있다. 프랑스 사람들은 '은근한 태도'라는 말을 즐겨 쓰는데, 이 말은 연적에게 싫어하고 미워하는 감정을 노골적으로 표시하는 소견이 좁은 인간에게 각별히 상냥한 태도로 대하라는 뜻이다. 여기서 더 알기 쉽게 설명하기 위해서 나의 경험담을 이야기하겠다. 만약 네가 비슷한 입장에 서게 되었을 때 기억해 내어 도움이 되기 바란다.

내가 네덜란드의 헤이그에 가서, 오스트리아 계승 전쟁에 대한 전면 참전을 요청하고, 구체적으로 군대의 수를 결정하는 등의 협상을 성립시키고 돌아왔을 때의 이야기이다.

헤이그에는 너도 잘 알고 있는 대수도원장이 있었는데, 그는 프랑스 편에 가담하여 어떻게 해서든지 네덜란드의 참전을 막으려 하고 있었다. 나는 이 대수도원장이 머리가 뛰어나고 마음이 따뜻하며, 성실한 사람이라는 말을 들었다. 서로 오랜 숙적으로 가까이 사귈 수 없는 입장을 매우 유감스럽게 생각하였던 것이다. 그렇지만 어떤 기회에 제삼자가 마련한 자리에서 그를 처음 보았을 때, 나는 어떤 인물을 통해서 소개받고 이렇게 말하였다.

"비록 국가끼리는 서로 적대 관계에 있는 입장입니다만,

우리라면 그것을 뛰어넘어 서로 가까이 지낼 수 있으리라고 생각하고 있습니다."

그렇게 말했더니 대수도원장도,

"저 역시 그렇게 생각합니다."

라고 정중한 태도로 대답해 주었다. 그 일이 있고부터 이틀 후였는데, 내가 아침 일찍 암스테르담의 의회에 나가 보니, 그 곳에는 벌써 대수도원장이 나와 있었다. 나는 대수도원장과 서로 알고 있는 사이라는 것을 대의원들에게 알린 뒤 부드러운 미소를 지으며 이렇게 말하였다.

"저의 오랜 숙적이 이 자리에 계시는 것을 보고 대단히 유감스럽게 생각하고 있습니다. 이렇게 말씀을 드리는 것은, 이분의 능력은 이미 나에게 두려움을 심어 주고 있기 때문입니다. 이래서는 공평한 싸움이 되질 않습니다. 부디 이분의 힘에 굴복하지 말고 이 나라의 이익만을 생각하시도록 부탁드립니다."

그때 했던 말들을 그대로 옮기지는 못했어도, 마지막의 한 마디만은 무슨 일이 있어도 했었다고 생각한다. 나의 이 말에, 그 자리에 있던 모든 사람들이 미소를 지어 보였다. 대수도원장도 나로부터 정중한 찬사를 받은 것이 그리 싫지 않은 모양이었고, 15분쯤 지나자 그 자리를 떠났다. 전과 다름없는 태도로 나는 설득을 계속하였다. 그래서 나는 전보다는 더 진지하게 말했다.

"제가 여기에 온 이유는 오직 네덜란드의 국익을 위한 것뿐입니다. 저의 친구는 여러분의 눈을 현혹시키기 위해서 허식이 필요했습니다. 하지만 저는 일체 그런 짓을 벗어던지고 진실만을 말씀드리고자 합니다."

나는 결국 목적을 이루었다. 또한 그 후 대수도원장과 동등한 위치에서 교제하고 있다. 제삼자가 마련한 장소에서 만났을 때도 물론이지만, 지금도 변함없이 서로 정중한 태도로 대하면서 서로의 근황 등을 묻고 있다.

3. 남자로서의 정당한 처신 방법을 익혀라.

당당하고 정당한 한 사람의 훌륭한 인간이 경쟁자에 대해 취해야 할 방법에는 두 가지가 있는데, 극단적으로 친절하게 대하거나 그를 굴복시켜 버리는 일이다. 상대가 만약 갖가지 술수로 일부러 너를 모욕하거나 경멸한다면 주저할 것도 없다. 곧바로 굴복시켜도 좋다. 하지만 마음의 상처를 입은 정도라면 겉으로는 극히 예의바르게 행동해야 한다. 그렇게 하는 것이 상대에 대한 보복이 되고, 어떻게 보면 자신을 위한 일도 될 것이다. 이 일은 상대방을 기만하는 것이 아니다. 네가 그 사람의 가치를 인정하고 친구가 되고 싶다면 비겁한 태도일지 모르지만, 그런 사람하고는 친구가 되지 않는 편이 바람직하고, 또 나 역시 친구가 되라고 권하지 않겠다. 그리고 무엇보다도 공적인 자리에서 노골적으로 실례되는 태도를 취하는 사람에게 정중하게 말한다고 해서 비난받을 리는 없다. 대다수 사람들은 그 자리를 원만하게 수습하고, 주위 사람들에게 혐오감을 주지 않으려 노력하고 있을 뿐이라 생각할 것이다. 왜냐하면 세상에는 개인적인 취미나 질투 때문에 시민의 생활을 어지럽게 해서는 안 된다는 약속 같은 것이 있기 때문이다. 그것을 태연스럽게 침해하는 인간은 세상 사람들의 웃음거리가 되어 동정을 받지 못하는 법이다.

우리가 살아가고 있는 이 사회는 증오, 원한, 질투 등이 서로 엉켜 요란스럽게 돌아가고 있는 곳이다. 노력하는 사람이 있는 반면, 열매만을 따가는 교활한 인간도 있다. 그리고 흥망성쇠도 심하다. 이를테면 오늘 흥했는가 싶으면 내일 망해 버리기도 한다. 이런 혼란 속에서는 오늘의 내 편이 언제 적이 될지 모르며, 또한 적도 언제 내 편이 될지 모른다. 그러므로 마음속으로 미워하면서도 겉으로는 상냥하게 대하고 사랑하면서 신중을 기하는 것이 무엇보다도 필요한 것임을 명심해라.

제9부 내 아들에게 띄우는 인생 최대의 교훈

제6장
내 아들에게 주는 마지막 충고

1. 최상의 공부는 실천이다.

이미 너는 사회인으로서의 첫발을 내디뎠다. 나는 이미 네가 언젠가는 크게 성공하기를 간절히 바라고 있다. 이 사회에서는 실천이 무엇보다 최상의 공부이다. 그렇지만 동시에 모든 일에 대한 배려와 집중력이 필요하다. 예컨대 편지 쓰는 일을 가지고 너에 대한 도움말의 총정리로 삼고 싶다. 왜냐하면 여기에는 사회인의 상식으로서 몸에 지녀야 할 요소가 잘 집약되어 있다고 생각하기 때문이다.

우선, 비즈니스에 대해 편지를 쓸 때는 확실하고 분명해야 한다는 점이 중요하다. 세상에서 가장 머리가 나쁜 사람이 읽어도 뜻을 잘못 이해하거나, 뜻을 몰라서 처음부터 다시 읽는 일이 없을 정도로 논리 정연하게 쓰지 않으면 안 된다. 그러기 위해서는 정확성이 무엇보다 필요하다. 여기에 품위가 더 보태어진다면 말할 것도 없다. 개인적인 사사로운 편지에서 상대방이 좋아하는 일반적인 은유나 비유, 대조법 및 경구 등을 사용하는 것은 어울리지 않는 느낌이 들어 곤란하다. 차라리 산뜻하고 품위 있게 정리되어 있고, 구석구석까지 세심한 배려가 있는 것이 바람직하다. 예를 들어 옷차림에 비유해서 말하자면, 정장은 좋은 느낌을 주지만, 지나치게 화려하거나 단정치 못한 것은 좋은 느낌을 주지 않는다. 그리고 자기가 직접 글을 쓸 때 단락마다 제삼자의 눈으로 다시 읽어 보아 다른 뜻으로 받아들여질 우려가 있는 대목은 없는지 꼭 살펴야 한다. 또 주의할 점은 비즈니스 편지라고 해서 정중함이나 예의를 무시해도 좋다는 법은 없다. 오히려 '귀하를 이렇게 알게 된 영예를 입어……'라든가, '제 의견을 말씀드리자면……'처럼 경의를 표하는 것이 매우 중요하다.

해외에 나가 있는 외교관은 국내에 편지를 보낼 때는 대개 윗사람인 각료나 지원자에게 쓰는 일이 많으므로, 각별히 이 점에는 주의하지 않으면 안 된다. 편지지를 접는 법이나 봉함을 하는 법, 수신인의 주소나 성명을 쓰는 방법 등의 사소한 것에도 그 사람의 인격이 나타나는 법이다. 좋은 인상을 주는 것과 나쁜 인상을 주는 것 등등 여러 가지가 있다. 너는 이 점을 별로 대수롭지 않게 생각하고 있는 모양인데, 그러한 점에까지 배려하는 것을 잊지 않도록 해라.

또한 달필은 비즈니스 편지에 꼭 필요한 것은 아니지만, 있는 편이 바람직한 품격이다. 화사하지 않고 달필이어야 한다는 것은 그런 의미에서 중요한 요소이다. 그러나 이것은 비즈니스 편지로서는 총정리라고 말할 수 있는 것이므로, 아직 밑바탕이 닦여져 있지 않은 너에게 이런 장식 부분까지 신경을 쓰라고 하는 것은 지금은 삼가기로 하겠다.

문자나 문체를 지나치게 장식하면 오히려 역효과가 난다. 간소하면서도 품위가 있고, 거기다가 위엄을 느끼게 하는 것이 좋다. 그러한 편지를 쓰도록 노력해야 한다. 특히 유념할 점은, 문장의 길이가 너무 길거나 짧아도 안 된다. 의미가 확실하게 전달될 정도의 길이가 바람직하다. 너는 곧잘 철자법이 틀리는데, 그것도 비웃음을 사는 원인이다. 조심하도록 해라. 그런데 네 글씨가 왜 그렇게 엉망인지 나는 아무래도 납득할 수 없다. 보통 눈과 손을 사용할 수 있는 사람이라면 아름다운 글씨를 쓸 수 있다고 생각하는 데도 말이다. 나로서는 네가 글씨를 좀 더 잘 쓰게 되기를 기도하는 수 밖에 없어 답답하구나.

2. 작은 일에는 통이 큰 사람,
   큰일에는 소심한 사람이 되지 말라.

나는 네가 글씨본에 써진 글자처럼 한 자씩 신중하게, 그리고 긴장을 해서 쓰라고 하는 것은 결코 아니다. 사회인이라면 빨리 그리고 아름답게 쓸 수 있어야 한다. 그러기 위해서는 오직 실천만이 있을 뿐이다. 아름다운 글씨를 쓰는 습관을 지금부터라도 몸에 익혀 두는 것이 좋다. 그렇게 하면 신분이 높은 사람에게 편지를 쓸 필요가 생겼을 때도, 글씨와 같은 사소한 것에 걱정을 하지 않고, 내용에만 정신을 집중시킬 수 있을 것이다.

젊었을 때의 공부가 부족했기 때문에 갑자기 어떤 일이 생겼을 때에는 작은 일에 마음을 빼앗긴 나머지 그만 큰일을 처리할 능력이 결여되어 사람들의 비웃음을 산 사람이 있다. 이 사람은 '작은 일에는 통 큰 사람, 큰일에는 소심한 사람'이라 불렸다고 한다. 그것은 바로 큰 일에 대처하지 않으면 안될 때, 작은 일에만 마음을 빼앗겼기 때문이다. 너는 지금 작은 일에만 대처하는 시기에 있고, 또 그런 지위에 서 있다. 이제부터는 작은 일을 잘 끝맺음하는 습관을 몸에 익혀 두는 것이 좋다. 오래지 않아 너에게도 큰 일이 맡겨질 때가 반드시 온다. 그 때가 되면 작은 일에 시달리지 않아도 되게끔 지금부터 만반의 준비를 해 두어야 한다.

홀로 서는 너에게

초판 발행일 / 2010년 3월 10일
재판 발행일 / 2013년 6월 5일
지은이 / 필립체스터필드, 진형욱 평설
편집 디자인 / 이지혜
펴낸이 / 김용성
펴낸곳 / 지성문화사
등록 / 제5-14호(1976.10.21.)
주소 / 서울 동대문구 신설동 117-8 예일 빌딩
전화 / 02) 2236-0654, 2233-5554
팩스 / 02) 2236-0655, 2238-4240